冗談八割ウソ二割
田辺書く

もくじ

スポチャンの教へ（『小太刀護身道』より）

第1　言い訳は、緩衝材

いいわけを、するな。
……とか。
すなおに、謝れ。
……とか。
説教をする人がいるが、いいわけは、した方がよい。
人格と人格の対峙《たいじ》であるから。
我慢は、体に良くないどころか、衿持との均衡がある。
皆に自分を解って貰わなければ、存在がない。
自分が、自分をかばわなくて、誰がかばう。
いいわけをしても、しなくても叱られるなら、それは、それで、いいではないか。
まずは、いいわけは、自分の心をかばう緩衝材、自分は、自分の一番の味方だから。

第2　みこしの軽さ

おみこしは、軽いほうがいい。

かつぎやすい。

社長も親父も「長」のつく人は、軽い方が、いい。

その「みこし」にのっている人が、意外に、重かったり、うるさかったり、やかましかったり、どなったり、文句をいったり、愚痴をいったり、だと「はしご」を外したくなる。

下で、かついでいる人間は、たまらない。

やってられない。

よく、胴上げで落されやしないか、と、おそるおそる上げられた人は、何か心に、やましさがあるのだろう。

おみこしも、胴上げも、注意して乗った方が、いいでしょう。

私も。あなたも。

第3　いい鏡と写真うつり

老いる。というが、それは肉体の持っている細胞の事で、その肉体の衰えをもって老いると言っている。

しからば、身体の中で、老いないところはあるかと言えば、ある。

身老《しんろう》、未心老《みしんろう》というが如く、身は老いているが、心は未だ、老いてはいないという事であろう。

筑波山《つくばさん》のガマは四方の鏡で、己の体を見て脂汗を流した。

したがって、鏡を見なければ生涯美しくいられる。

あまり気にする事はない。

本当に老いるとは、心が老いる時である。

必要なのは、しわの写らないうぬぼれ鏡と、写真写りのよいカメラである。

よく、いうよ。

第4　もうくんな料理

同じ材料を使って、よくまぁこんな料理が、出来上がるもんだとつくづく感心する事がある。

多分、その人の舌ベラが故障しているとしか考えられない。

時として、「おふくろの味」なんぞの田舎料理が出て、塩っぽいなぁ、と二度目のハシがのびなかった事がある。

話を聞いているうち、親兄弟や親族の多くが、病気か短命であったようだ。

大体が、昔の田舎は冷蔵庫などの保存方法がないから、味噌、醤油など塩分が濃いのだ。

いきおい出来上がるおかずが、総じてしょっぱい。

それより、もうくんな料理とは、様々に、客を拒絶している。

例えば、ラーメン店なら、ブッキラボーのオンナ店員（男もいる）が、「こっちに座って」等指図する。

ドンブリに指が入っていても、平気。
ドンと音をたてて置く、何をするにも「音が大きい」その度、ハッとする。
今日は、気分が悪いのか、生まれつきなのか。
いいいい、
もうくんな料理屋は、どこでも大外が客がいないから、すぐ分かる。
一流のシェフも、長年修行を積んだコックも、何を作っても、これには、かなわない。

織部　57年頃

第5　死人に、口あり

冬虫夏草、サルのコシカケ、キチンキトサン、プロポリス、朝鮮ニンジン、霊芝、ゲルマニューム、丸山ワクチン、漢方薬、ビタミンC、フコイダイン、アガリスクだか、アガリクスだか。

あれも、これも、枕元に一杯並べて、死んだ人を知っている。

新興宗教、お百度まいり、祈祷《きとう》、星占い、霊能者、イタコ、水晶玉。

一杯受けて、死んでいった人も、知っている。

アガリスクだか、キチンキトサンだかの広告チラシを顔写真でインタビュー「おかげ様で、ガンが消えてしまった」と笑顔で語っていた人も知っている。（でも、その後すぐ亡くなってしまったが）

中には、治癒する人もいて、その人がものをいう、一生懸命、いかがわしい健康食の効能を語る。（直る人は、ほとんど運か、医療技術の進歩）

しかし、そのカゲでヒッソリと何十、何百という人が、毎日亡くなっている。

死人に、口なし。

死んだ人に、一度聞いてみた方がいい。

「あの医者は、ヤブだ」

「冬虫夏草、キチンキトサン、みんなウソだ」

「あいつらサギ師だ」

「あの親戚は、香典がチョットだった」

あのヤロー、このヤローとうるさいだろうなあ。

相当に。

第6　本当の本当の未練

この世に生あるもの、全ては必ず終わりがある。

いかに英知に長け、いかに大金があろうが、財産があろうが、いかに苦行精進、功徳を積もうが悪人と善人との大差もなく死は公平に来る。

また、人の世は極めて短く、大方この世にやり残しが出る。

人は、このやり残しによって苦しむ。

人が生死の境で苦しむのは、この世の未練とあの世への無知である。

さりとて何年その人に生を与えても永遠に同じ事ではある。未練に終わりはないから……。

第7　本当の別れ

人は死ぬと「あの世に行く」と言う。
「先に行って待ってるよ」
「一緒に墓に入りたい」
様々に言う。
しかし、これは本当の別れではない。
本当の別れは、その後である。
夫の墓は、先祖代々の浄土宗。
奥さんは、新興宗教に入会した。
娘は、首に十字架をぶらさげているクリスチャン。
本当は大変な事態が生ずるのだ。
まず、葬儀の式が全く異なる。

次の大事は、永遠に逢う事のない本当の永久の別れの場に向かってしまう。

方向が、全く異なるのだ。

浄土宗は、アミダ様のいる西方十万億土の極楽浄土に行く。

キリスト教は、「最後の審判」にかかり、天国に行く。

釈迦は、霊山浄土《りょうぜんじょうど》がある。

それぞれの魂は、永久にお逢いする事の出来ない別々の場所に往く事を知っていますか。

知っている。

あ、そう。

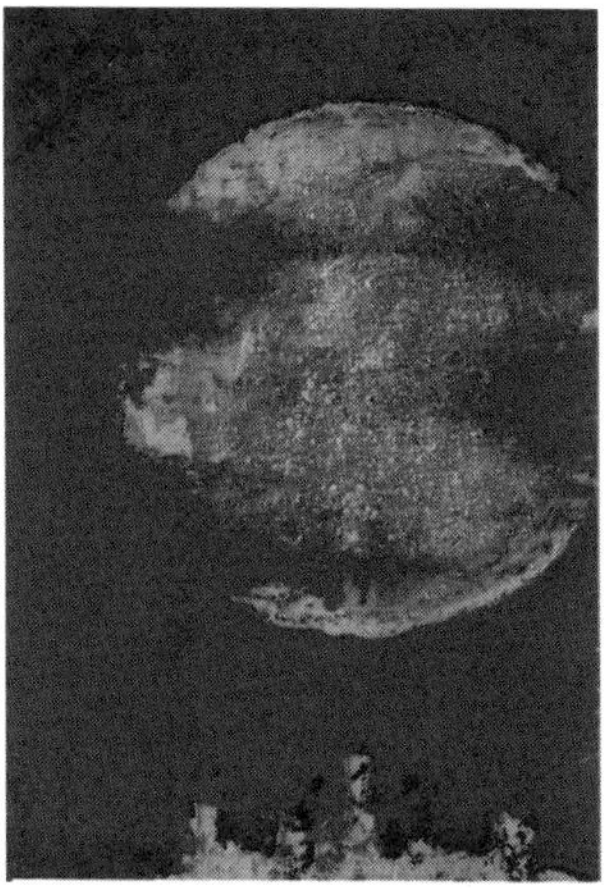

第8　世界遺産

世界遺産を前にすると、いつもそれなりに、ときめきと驚きがあるのだが。

また、あまりの偉大さに、呆気《あっけ》にとられるものもある。

なぜか、手離しで喜べない複雑な感情もある。

「よくまぁ、こんなものを」

「人類の創造的才能を表現する傑作」等々、選考基準に合致したから、指定されたものであるから、この点には、異論がない。

しかし、万里の長城の6000キロメートルの長さ、なぜ、こんな長いものを。

日本列島の二倍の長さである。

今の日本の超一流のゼネコンをもってしても、見積りも出まい。

見積りを出しても、材料の調達を含め、着手が出来ないからだ。

「なぜ」「なんのため」あらためて考えさせられる。

兵馬俑《へいばよう》、一体一体が現代人より大きく、顔の形が、それぞれ異なる。

地下に２０００年も眠っていたのだという。

一号坑には、約６０００体、二号坑には、１０００体余、三号抗５８体だが、地下近衛軍団らしいが、まだどこに、どの程度、何か眠っているのか、見当がつかない。

アンコールワットは父のため、アンコールトムの自分の顔、七代目の王様だそうだ。

タージマハルは女房のお墓、ルクソールは代々のお墓、ピラミッド、ベルサイユ宮殿。

これを造るため、どの位の人達が様々に苦労したのだろうか。

税金も高かっただろう。

今、日本でこれを公共事業で造るという政党は、まだあるまい。

愛や、人格や平等、自由の微塵《みじん》も感じられない、あまりの美しい、偉大な建造物達。

第9　綺麗なゴキブリ

何でもいい。
とにかく、いい事しか考えない習慣をつける。
寒いなあ、雪が降ってきた、嫌だなぁとー考えない。
スキー場は、喜ぶだろうな、客も楽しいだろうーと考える。
また、雑草が生えてきた、抜かなけりゃーと考えない。
いや緑が一杯で、キレイだなぁ。
あ、ゴキブリがいる、いやだねーと考えない。
あれ、ゴキブリって綺麗だね、輝いてる。
車がスピードを出してあぶないーと考えない。
一生懸命頑張ってスピードを出しているんだ、偉いなぁ。
押し売りが来た。

一個でも多く売れるように、頑張って下さいーと考える。
ああ、強い風が吹いてる。
桶屋さんが儲かるんだなぁ。
ガン？　よかったじゃん。
神が片づけて、くれるんだねーと考える。

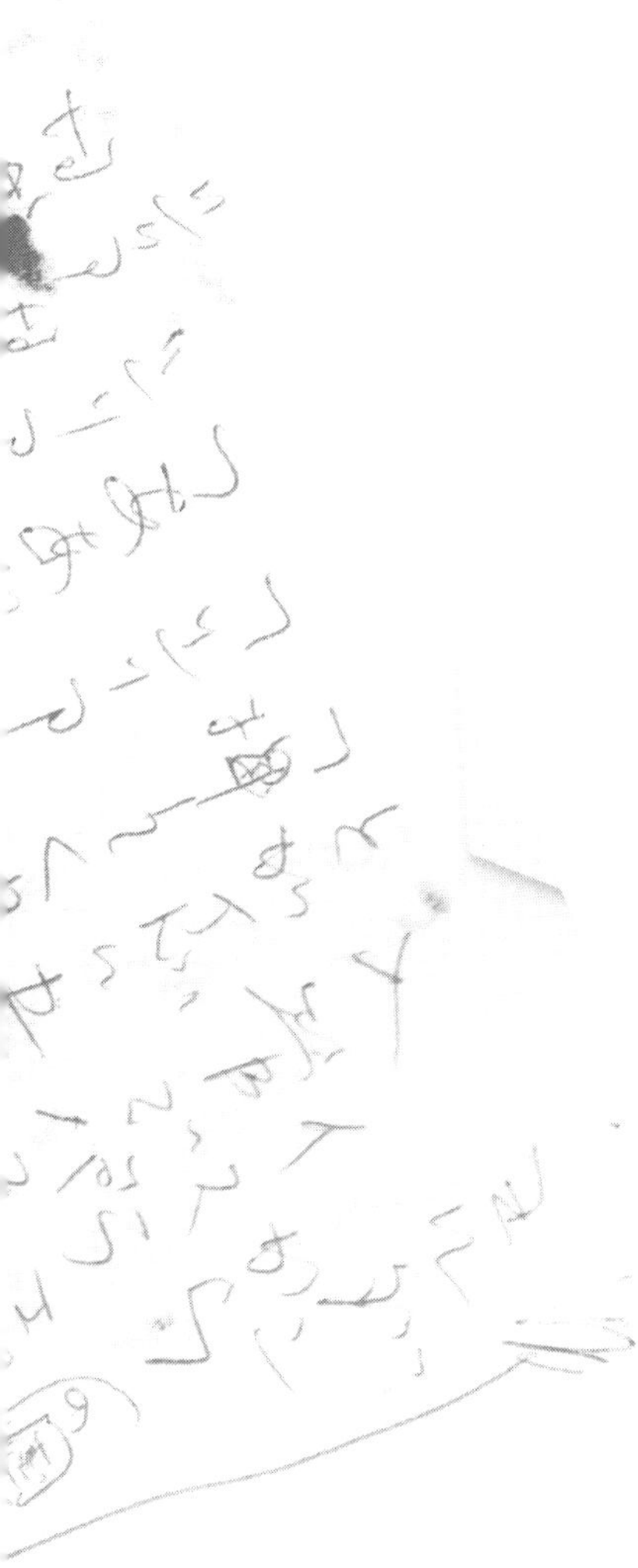

第10　人生の免停

テレビで高名な歌手がいる。

平素いい歌だなぁと心、秘かに応援している歌手。

ある時、その元マネージャーと知り合いになり、

「エェ毎日逢っている。毎日毎日楽しいでしょう」。

「いやー一度、逢ってごらん、すぐ嫌いになるから」ソウ……？

横浜の市長を追い込んでいる市議さんに、

「先生、なんであんなに攻撃をするんですか」

「いやー一度、逢ってごらん、だんだん嫌いになるから」ソウ……？

スクリーンの中の虚像を見ているのだろう。

人を評価する時、ひき算、たし算で考える。

「あの人すぐシモネタの話しになるから嫌い、５０点　減点」

「あの人口が臭いから嫌い、８０点減点」

「この前、肩にフケがあったー、２０点」

「オヤジギャグに　頭が痛くなるー、３０点」

「漢字が間違っていたー、２０点」

「喋り方が嫌いー、１５点」

「食事の時、ペチャペチャ音を立てるー３０点」

ダジャレの好きなあなたは、減点は何点ですか。

エッ、免停ですか。

第11　日本は国宝までチャイナ製

日本国は国宝までメイド・イン・チャイナだ。

現在日本の国宝である陶磁器は14点ある。

そのうちの大半、すなわち8点が中国製。1点が朝鮮製である。

日本製は5点だけである。

静嘉堂の曜変天目茶碗をはじめ藤田美術館大徳寺等々の天目が5つ。青磁が3つ。朝鮮の大井戸茶碗1つ。

わが国、自尊心の高い大和民族の誇りとすべき国宝が中国、朝鮮のものとは、どこか間違っていないか。

これは「わが国の誇る国宝です」と世界の人たちに心から自慢できますか。

「重要歴史的資料」とか「文化参考資料」というならわかるが、わが民族が大手を振って他国に自慢できるものではないことだけは確かだ。説明が大変なのだ。

わが国の国宝としての民族のアイデンティティーがない。

子孫が後世に伝えるべきものではない。合点がゆかぬ。

国情が変わって「昔盗まれたものだから返して欲しい」などと返還運動が起きない、との保証はない。

わが民族には世界に評価されている縄文土器を始め、古墳時代の様々な文化、伝統、伝承するものが多々ある。

それらは時代的にも、美術的にも中国、朝鮮に比して決して恥ずかしいものではない。

第12　昔は「定年3年」と言った

昔は「定年3年」と言った。

定年になって3年、年金貰ってあの世にさようなら、というのが筋書きだった。

その計算通りならば今でも年金の破綻はなかった。

年金を他に流用したからなくなったとか、使途目的と異なる、とかなんてもんじゃない。

長生きが禍いとなっているのだ。

平均寿命が90才になろうとしている。

すなわち「定年30年」と一ケタ違ってくる。

30年の年金支払いは「想定外」であった。

払うことが出来ないなら、今から「高齢者」だの「ご老人」だの「お年寄り」など国八分《くにはちぶ》的な呼称をやめ、もう一度社会復帰のチャンスを与えることです。

そして税金を払う方に廻ってもらうことです。

びっくりするだろうなあ、みんな。
まあ政治なんてそんなものだよ。
ただ、これからだって若者とてウカウカできないね。
ラインは全部「ロボットに取られる」…から。

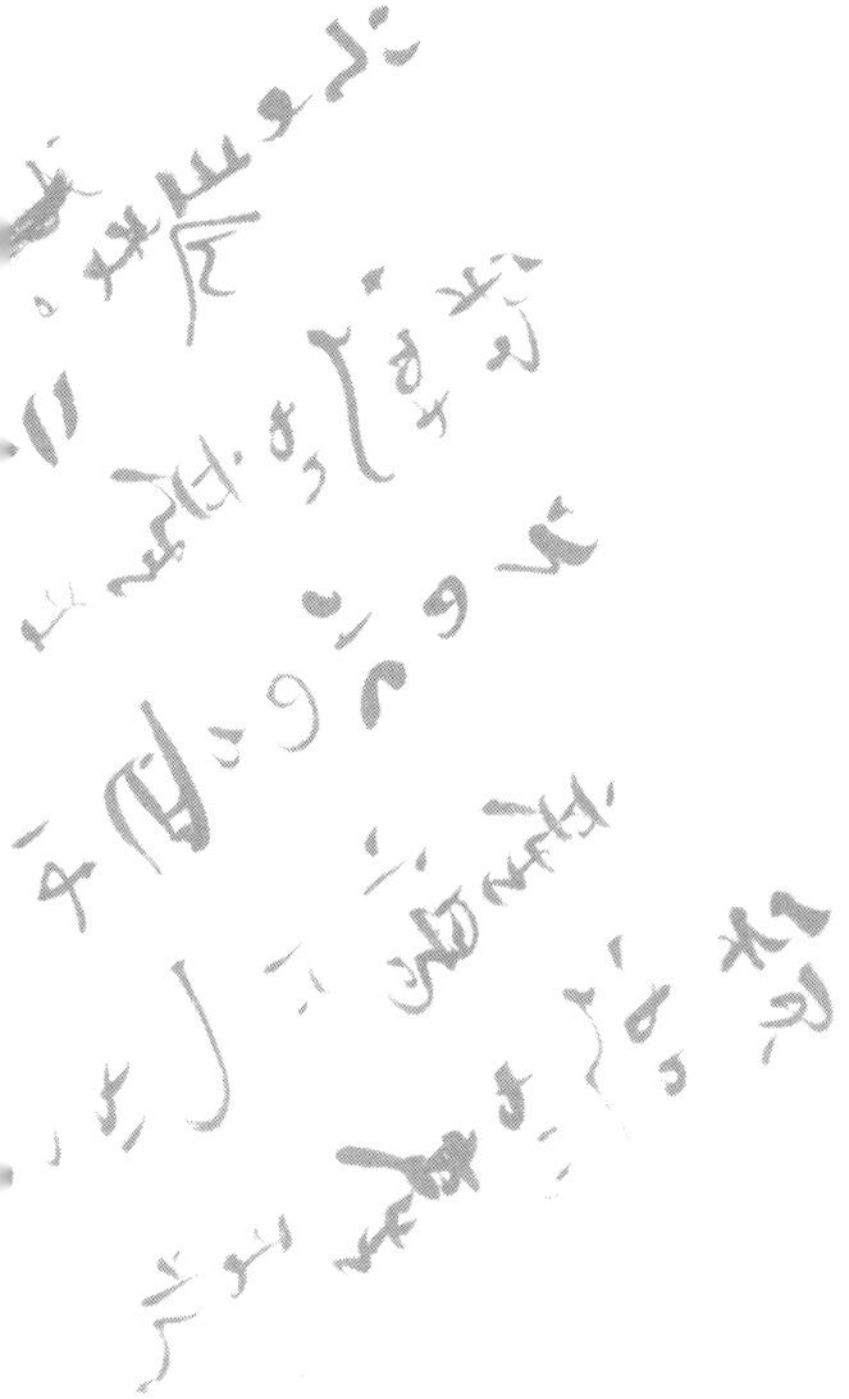

第13　ノーグッド

よく、こっちの上司はこう言った。

また、こっちの課長はこう言った。

どっちの上司のいう事を聞いたらよいのか、わからない。

など、極めてさみしい事をいう輩がいるが、当節の宮使えとしては、当然の事で、この社会は全て、犬でないのだから、ワンボス、ワンオーダーなどない。

ツーボス、ツーオーダーでもない。

テンボス、テンオーダーにも、反応しなければ、ものの役に立たないのだ。

いや、それどころか1000ボス10000オーダーにも対応する。

これが、宮使えの第一歩。

出世してゆく人は、このくらいの事を当たり前として、対応しているのである。

「出来ません」と言う時は、人間を辞める時、ホント。

第14　絶対ガンで、死なない方法

医者に行って、先生が聴診器を首にかけていたら、しめたものである。

背中のシャツを持ち上げ、左手のひらを当て、右の指でトントンと叩いたら、それで充分。

センセー、センセー、スイカじゃないのですから、何を診ているのですかと、声は出せないから、腹の中で呟く、カラッポのはずがない。

中身は、入っているには、当り前じゃないですか。

生きて動いているのですから。

「よし、何でもない」センセーは自信たっぷりに云う。

ガンで絶対死なない方法は、1ツある。

医者にかからないか、かかっても指先でトントンしかやらない先生にかかるのだ。

死ぬまで、ガンは発見される事は絶対にないから、したがってガン死はない。

第15　魚のおしん

やがて土で作るものは、なくなる。

海で取れるもの、食べてはダメになる。

魚は、山で作るのだ。

野菜だって同じ、ビルや工場で作る。

工場と云うと、機械油くさく汚れた軍手で、いや違う、無菌室だから消毒液もいらなく、化学肥料もいらない。

全く生まれたままの純粋な野菜、したがって洗う事もなく、ドレッシングもいらない。路地物はあまりに汚い、空気は大気汚染の洗礼をこれでもか、これでもかと毎日受け、その汚染物質の毒薬を、気孔《きこう》や根は、毎日吸い込んでいる。

人や動物は、それを食べる、青い野菜が、体にいいと。

魚とて同様、汚染された海水。

いや、それ以前にけなげに生きている自然の生き物を誰にことわりもなく、勝手に獲っていいのか、自然に生きている生物は誰の物なのか。

先に獲った方が、勝ちではないだろう。

かけがえのない地球の宝もの。

言うなれば、同志ではないか。

そのうち、シーシェパードが来る。

天然物など、食道楽は「通」ぶっているが、自然生活は、過酷で厳しい環境である。

それを耐えている「魚のおしん」みたいなものを「まいうー」など、ふざけている場合ではない。

第16　ぎぶ　みい　ちょこれと

たまさかに、外国に行く機会があり、時に戸惑う。

まだ、いわゆる発展途上国と云われる社会基盤のしっかりしない国。

小さな子供が、健気《けなげ》に汚れた手を出す。

素足だった。

何気なくポケットの小銭を渡す。

さあ大変、他の子供達も群がって手を出す。

右手を出したら、今度は左手、キリが無い。

無視して先を急いだ。

前をふさぎ私を睨《にら》みつけて、何か言っている「何を言っているの」通訳のガイドが、「いいですよ早くいきましょう」

しかし、幼児の眼つきが気になったから、もう一度聞いた。

ガイドが言った「お前は悪い奴だと言ってます」「なぜ」「僕に何もくれない、お前は悪い奴だ」

どっちが悪いのか、よく解らなかったが、理由はともかく、今はあの子には間違いなく私は、悪いヤツなのだ。

昭和２０年８月１５日終戦、焼跡、ヤミ市、きのうまで、敵だったアメリカの兵士に、日本の子供達や浮浪児が群がった。

「ぎぶ　みい　ちょこれと」誰でもいい。

自分にくれる人が、善い人。

第17　小道具の自我再生

気を合わすとか、気をそらすなど、気にまつわる言葉は、沢山ある。

よく、趣味をもてとか、運動をしろとか、何かで気をまぎらわす事を健康維持の大きな要因としている。

例えば、外科医が大きな手術をした後、休憩時、束の間の時間に、趣味の名刀をみて、古き時代に思いをはせたり、また、収集している名画をみて、やすらぎの気分転換をしている人を知っている。

女性で、いやな事があった時、フト自分の指にはめてある高価な指輪をみて、気分転換をする。

新しい洋服を買うとか、ハンドバックを買うとか、これは心理学では、拡張自我といい、「新しい服を買うという事は、新しい自分を、手に入れる事だ」という。

それはそうとして、庭の草花でも、見上げた空でも、気分転換になるものなら、なんでもいいのだ。

　ホッピーでも、ハッピーでも、パチンコでも、気分転換の仕方の上手な人は、それら小道具を上手に使って、十分「ストレスを消化」している。

瀬戸　黒

第18　華寿

９０歳の人が、毎日、腕立てふせを１００回、逆立ちを5分というと「すごいねぇ」「えらいねえ」と驚く。

１００歳の人が、腹筋１０００回、縄跳び１０００回と云うと、テレビ局がくる。

何を食べているのですか、健康のヒケツは、レポーターの声が、うわずる。

つい先だってまで、１００歳以上は１４９人だったという。

今年は、４万人を優にこえた。

９０歳以上は、（２００４年）１００万人を突破した。

それから見れば、還暦など子供も子供。

７０歳の古稀は死語、７７歳を喜寿というが、これも、今の男女の平均寿命（男７９歳、女８６歳）にも届かない。

女性の平均寿命が、もうすぐ９０歳になるというのだ。

だいたいが、還暦などとの文言が、おかしい。

女性には、歳を聞くも言うも失礼だから、６０歳は、胡蝶蘭寿の華寿として、胡蝶蘭を贈る。

６１歳を薔薇寿、６２歳を白百合寿、６３歳を蒲公英《たんぽぽ》寿、６４歳を朝顔《あさがお》寿、６５歳を山茶花《さざんか》寿、６６歳を金木犀《きんもくせい》寿、６７歳を皐月《さつき》寿、６８歳を山吹《やまぶき》寿、６９歳を水仙《すいせん》寿、７０歳を古稀《こき》などと、誰が言ったか、やめて貰いたい。

これは、派手に７０歳緋牡丹寿、７１歳を白梅《はくばい》寿、７２歳を桔梗《ききょう》寿、７３歳を紫陽花《あじさい》寿、７４歳を浜茄子《はまなす》寿、７５歳を撫子《なでしこ》寿、７６歳を椿《つばき》寿、７７歳を菫《すみれ》寿、７８歳を菊《きく》寿、７９歳を紅梅《こうばい》寿、８０歳を芥子《けし》寿、８１歳を躑躅《つつじ》寿、８２歳を萩《はぎ》寿、８３歳を蓮華《れんげ》寿、８４歳を梅《うめ》寿、８５歳を桜寿、８６歳を木蓮《もくれん》寿、８７歳を藤《ふじ》寿、８８歳を桃《もも》寿、８９歳を千両《千りょう》寿、９０歳を万両《まんりょう》寿というのだが、本番は、これからが、お祝いの年齢である。

９１歳を福寿草《ふくじゅそう》寿、９２歳を芍薬《しゃくやく》寿、９３歳を彼岸花寿、９４歳を秋桜《こすもす》寿、９５歳を向日葵《ひまわり》寿、９６歳を三色菫寿、花はここまで、後は９７歳を朱《しゅ》寿、９８歳を黄《おう》寿、９９歳を白《はく》寿、１００歳を青《せい》寿、まだまだ青い。

これから、１０１歳を緑《りょく》寿、１０２歳を藍《あい》寿、１０３歳を紫寿、しじゅともいう。

104歳を貴寿《き》、これからが、宝石の歳、105歳を京寿《けい》、106歳をサファイヤ寿、107歳をルビー寿、108歳をエメラルド寿、109歳をダイヤモンド寿、110歳を黄金寿《おうごん》、111歳を宇宙寿《うちゅう》、112歳を太陽寿《たいよう》、113歳を空寿《くう》、114歳を銀河寿《ぎんが》、115歳を皇寿《こう》、116歳を帝寿《てい》、117歳を敬寿《けい》、118歳を尊寿《そん》、119歳を神寿《しん》。

120歳を、天寿《てんじゅ》という。

天寿を、まっとうするとは、まさにこの事なり。

今後は、この1年1年を、「祝《いわ》い花」で飾り、美しい、すなわち、「華寿《かじゅ》」を「華歳《はなどし》」としてください。

60歳以下は？

今、いそがしいから、あとで。

第19　成り行き

人の生きる方向は、生まれながら、定まっているのだ。

たとえ勉強しなくとも、宿題をやらなくとも。

鉄棒で、逆上がりができなくとも、パン喰い競争が、クラスでビリでも。

英語が喋れなくとも、どんな努力しても、しなくとも、結果はすでに定まっていて、これは「成り行き」である。

自然界は、全て成り行き。

ガンになる人。

交通事故で死ぬ人。

畳のヘリに、つまずいて死ぬ人。

それを注意している医者だって、これ全て成り行き。

わかる人は、いません。

第20　羽口《はぐち》は、魂《たましい》の喧嘩

羽口とは、専門的に云えば、口金の事で、二ツの金具がピッタリとはまる事を「羽口が合う」という。

人の世もまた格の如し、何事でも羽口が合わなければ、長続きする事はないし、始めから気が合わないのだから、夫婦だとて、仕事だとて、友達だとて同様、喧嘩ばかりとなってしまうのだ。

それどころか、離婚となってしまう。

「どうにも、アイツとは羽口が合わないなあ」。

品物でも羽口があって、「腹に入る」という言葉もあるが、とにかく羽口が合う、合わないは、とても大事な事である。

多分、これも我慢とか、辛抱とかの問題ではなく、「魂の喧嘩」の問題であるから、早く離れた方が良い。

この手合いは、一定以上の限界を我慢しすぎると、必ず事件が起きる。

分別のついたはずの年齢の人が、殺人だの、心中だの起こしてしまうのは、この「羽口」のなせる業である。

すなわちカルマ。

第21　ズル

先般、大新聞に学力の落ちている嘆きの報道があった。

具体的には、中1「図《はか》る」を「ズる」と読んだ生徒が多数いたらしい。

基礎不足で「学び直し」「授業が進まない」と中央教育審議会と先生方。

いや、まてよ。

そんな事よく言えるよ、という感じ。

ウチの母は、大正三年生、祖父は歌読みだったから、変体仮名の人、祖父の手紙が読めないと、母はいつも、グチグチ文句を言っていた。

祖父は、平然として「お前は教養が無いからなあ」と笑っていた。

母は、女学校で優等生だったらしい（自称）。

中教審の皆様方、明治の人の書いた書や文を読めますか。

万葉仮名や祐筆は仕方ないとしても、せめて自分の祖々父の時代の人達、西郷隆盛、伊藤博文、勝海舟、福沢諭吉、坂本龍馬、立派な日本人が日本の言葉が書いてあるはずなのに、読めないのです。

「和尚」これをカナふって下さい。

禅宗、浄土宗では、「おしょう」

華厳宗、天台宗は、「かしょう」

真言宗、浄土真宗は、「わじょう」

どれも、間違いではないのです。

いにしえの、日本には、文字がなかった。

今でも、中国の「漢字」を無断で使用しているだけだ。

そして、その当時から人々の喋っていた言葉に、あてはめただけ。偉そうには、言えまい。

すなわち、パクリのしかも「あて字」。

外国人が、日本語はイヤだ、むずかしいと云っている。

図るがズルだって、いいじゃないですか。

もともとズルなのですから。

第22　過去の花ビラ

「好き」「好きくない」「好き」「嫌い」「好き」「好きくない」

何のことだろう。

あなたのことです。

白い菊の花弁を、可愛い乙女《おとめ》が1本1本抜いている訳ではない。

スーツを着た、いいオッサンが真剣にやっているのだ。

正月に入り、まずやる事、昨年一年間の名刺整理。

「必要」「必要ない」

足元にゴミ箱を置いて、莫大な名刺の整理。

社長や役員、営業は名刺交換が仕事。

風見鳥の仕事であるから、どなたでも逢う。

しかし、仕事はその名刺がしてくれる。

名刺交換で、顔を覚えている人は、いい方、全く知らない？ いや、思い浮かばない人が事の外《ほか》多い。

50年ぶりの同窓会でも、「誰だっけなぁこの人」
捨てる、過去を捨てる。
すでに、自分の中では、消えていた。
子供の頃の、捨てる白菊の花にも、哀愁はあったが。

第23　人生は、写真一枚

日本人の三大疾病、つまり死の原因は、ガン、心臓病、脳疾患だ。
健康診断も、ガン検診が多い。
中には「私しゃ、ガンはいやだなぁ、苦しまずポックリ死にたいねェ」
などとノウ天気に、言っている人を知っている。
では、解りました、ハイ、今、その格好で、あお向けに、横になって下さい。
ハイ、今、すぐ、そして眼を閉じてください。
これが、アナタの希望のポックリ死ぬという状態。
うす眼をあけて、よく考えて下さい。
突然ポックリ死んだら困る事になるでしょう。
あれも、捨てておけばよかった、これも、整理しておけば、よかったと。
例えば、タンスの奥に隠しておいたヘソクリ。

捨てるに、捨てられない彼氏とのツーショット、昔のラブレター、サルマタ、通帳の残り。

昔の日記、シミパン、喰い掛けのチョコ、實母散。

ゾロゾロ出てきて「お母さん、こんな沢山隠してあって、あぁこんなものまで」。

自身には宝でも、他人には、ゴミです、人格を疑がわれるようなものは、ありませんか。

その点ガンは、ポックリとはいかないから、片づけるくらいの時間はある。

脳はボケも、一緒だから案外、周囲に嫌らわれて、長生きする。

何はともあれ、今から早速、いつ死んでもいいように、早くゴミ整理をしてください。

後の人に、迷惑です。

茶だんすの奥も、天井の裏も、畳の下も忘れないように。

自分の写真は、一番カッコの良いものを、一枚だけ残して。

第24　第百感

五感が働くという言葉がある。

人間が外界から刺激を感じる感覚。

すなわち、視覚、聴覚、嗅覚、味覚、触覚。

しかし、平素この五感だけで事足りる事はない。

奥方が、主人の浮気をかぎつけるのは、第六感であろう。

六感とは、鋭く物事の本質をつかむ心の働きをいう。

（ただし、奥さんの場合は、あてずっぽうに疑っているだけだからハズレが多いから、皆さん、心配しないでください）

その上に第七感があり、ベートーベンや優れた芸術家、ノーベル賞は、大外このクラスである。

さらに、第八感は、七感を、更に更に研ぎ澄まし、日本刀で云えば、パーライトよりマルテンサイトのように触れれば落ちると云う鋭さ、すすどしさを内包しているガリレオ、ニュートン、レオナルドダビンチ、ダーウィン、アインシュタインやホーキンスや、また人類のために、新しい発明発見をしている人達。

第九感は、火星ぐらいは、わざわざ見にいかなくとも、日常のいとなみがわかる人。

さらに、第十感、ガン細胞やナノの世界と会話が、出来る人。

（これは、いまでもいるが）

第五十感は、宇宙の外の外の外、中の中の中の本当に見える人。早く探し、ガンの治癒、１０００歳まで生きるのみ薬や、天の川に、リゾート地でも作らせた方がいい。

1人、２人いればよいのであるから。

第百感は、ウチに1人寝てる？。

ニート？　ウ。

第25　八分

定年とは、誰が決めたか、かなりインチキな手法である。

会社八分とでも、いうのか。

社会、八分か。

明日から、完全に他人となる。（一部延長の人を除いて）

去る人を追う人は、ほとんどいない。

「無視」が本当のところだろう。

昔は、定年頃となると、老人となって隠居してしまうのだが、今は栄養と医療がいいから少し若々しいし、しかし、年金だけでは、生活は出来ない。

けれど、必ず八分になる。

けれど、絶対定年がこない人がいる。

創業者だとか、ワンマン経営者だとか。

抱きかかえられても、はってでも会社に来ている人を知っている。

サラリーマンなら、とうの間にクビ。会社でも、そうだ。どんな偉い人でも。いざとなれば、自分には甘い。

第26　やぶは、人を捨てるため

子を捨てるヤブはあっても、自分を捨てるヤブはない。

どんな素晴しい人が、国をつかさどっていようが、どんな偉い人が経営していようが、いざとなれば、自分を捨てるヤブはない。

大東亜戦争でも、死に追いやられた若者は、追い込んだ人達がいたから、仕方なく死んだのだ。

国のためとか、友のためとか、家族のためとか、キレイゴトの理屈はつけるが、ただ、凄いプレッシャーで、死に追い込まれた事だけは確かだ。

それは、追い込まれなかった偉い人達は、最後まで死ななかった。

やっぱり、自分を捨てるヤブは、なかったのだ。

東京裁判で死刑になるまで。

アメリカのマッカーサーが来るまで。

第２７　本当の「考えながらの人」

ロダンの彫刻で、「考える人」というのは世界的に、有名である。

しかし、よく考えて下さい。

あんなカッコウで、考える人は現代人は、いません。

現代人は、座って考える暇は、ないのです。

歩きながら考え、かけ足をしながら考え、立ち喰いソバを喰いながら考え、ラジオを聴きながら考え、トイレで用を足しながら考え、酒を飲みながら考え、寝ながら考え、眠っていても考える。

いいことでも、悪い事でも現代人は、本当の「考えながらの人」である。

第28　喋《しゃべ》るわけ

テレビやラジオの報道番組である。

俗にワイドショウなどと言われ、主婦向きに解り易い、まあ昔の井戸端《いどばた》会議の現代版であろう。

まず、奥さん方この報道を額面通り、ウのみにしては困る。

これら報道には、裏があるからだ。

まず視聴率に左右されるが、それ以上に番組提供のスポンサーに気を使う事は、当然。

また、利害関係に弱い経営陣、また、その顔色をうかがっているプロデューサー、さらにバックボーンが何なのか、うかがうディレクター、さらに、画面の正面に出てくる司会者。

ウサン臭いコメンテーター。

これらの人達、意図する発言の裏事情を考えた方が解りやすい。

皆が、政治や日々の事件・事故に精通しているとは、到底思えない。

誰かが、喋らせているのだ。

本当の事を知っている見識のある人なら、そんなところで、ペラペラと軽々に、喋る訳がない。

第２９　たましいの値段

「たましいに形はあるか」と問われれば、「ある」答える。

「なぜか」と問われたら、「入れ物だから」と答える。

「何を入れるのか」と問われたら、それは、「その、たましいの持っている過去の諸々の全て」と答える。

「諸々のものとは何だ」と問われたら「悲しかった事、楽しかった事、嬉しかった事、淋しかった事、その他何でもだ」と答える。

「たましいに、そんな感情があるのか」「ある」「なぜだ」「たましいは、そのたましいの心だから」。

「はかりにかける質量は、あるのか」「ある」。

あのキリスト教さえ、聖ミカエルが、善悪を秤《はかり》をもって、量《はか》っているではないか。

「では、その善悪の量をはかる、はかりはこの世にあるのか」。

「ない」。

「では、どこにあるのか」

「そのはかりは、三途《さんず》の川を、六文銭《ろくもんせん》を払って渡ったところにある」

「それは、十王《じゅうおう》がそれぞれの秤を持って待っている」。

ありがたい事に、三途の川の渡り賃は、このところ、ズーっと、値上げをされていない。

そろそろ、値上げを考えていますが……？　(※600円＋消費税ぐらい)

第30　自然《じねん》

朝令暮改《ちょうれいぼかい》と言うことばがある。

昨令今改《さくれいこんかい》と言う事もある。

いやいや、そんな時間のユトリは、今にはない。

朝令朝改など、当たり前のスピードである。

それでも、すでに遅い。

分刻《ふんきざ》みで、世の中が動いている。

いや、秒刻《びょうきざ》みだ。大体、今、日本は「真夜中だ」といっても「真昼の国」もある。

常に、先を読んでいれば、そんな事は当たり前のスピードと変化である。

上司や会社や国民に言われているようでは、すでに遅い。

更に人の心の移りは、秒や分の時間では、押し計る事の出来ない、微妙な瞬令瞬改《しゅんれいしゅんかい》になってきた。

その眼、その耳、その鼻の問題ではない。それを自然改、すなわち無因、意識をしない行為。

アウンが、伝わらない人は、そのラインから、外れたほうがよい。

木下藤吉郎は、云われなくとも、草履《ぞうり》を胸に入れ、温めておいた。

朝飯を喰ったら次は昼飯というのは間違っている。

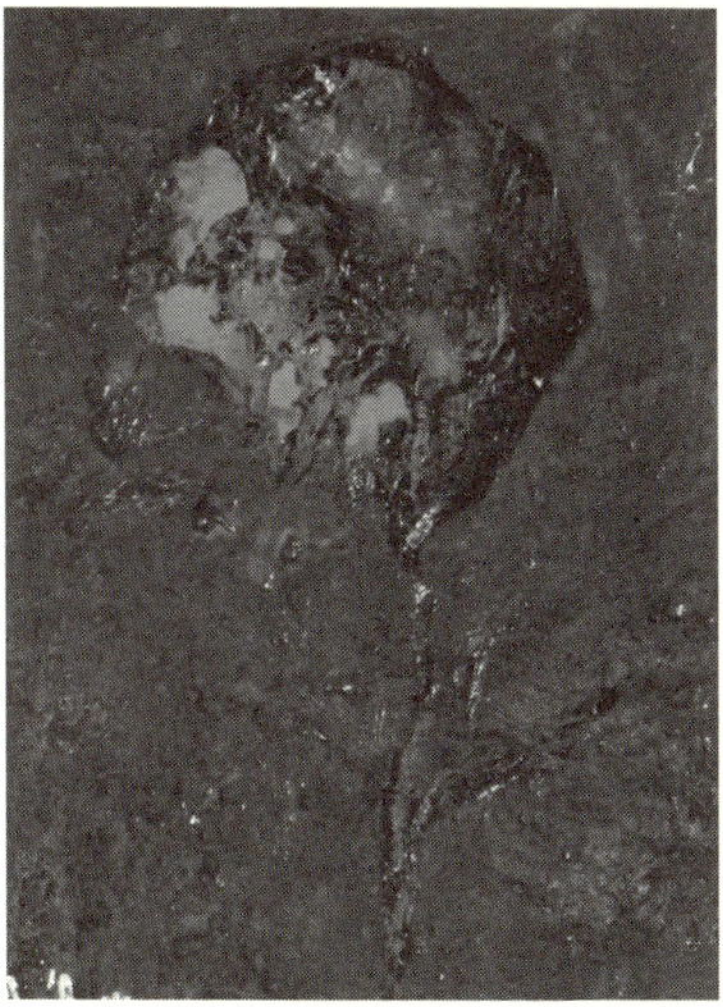

一輪

第31　哲ボウ、負けて泣くなら、家に入るな

誰が悪いとか、あまり感情的な話は苦手であるが、時折、原爆の被害者の方々が、様々な機会を得て、その恐怖を語り、写真の展示等で頑張っているようだが、時に異な事だなぁと思う。

原爆で死んだ者だけが、戦没者ではない。

焼夷弾で、焼けた人も同様に悲しい。

機関銃でも、餓死でも、死んだ人間に、死に方の差は、ない。

大東亜戦争では、5月29日横浜空襲で焼野原、東京空襲とてしかり、沖縄とてしかり、日本の、310万人は、もとより、

一位は、ソ連の2150万人（軍隊、1450万人、民間人は、700万人以上）

二位は、中国の1132万人（軍隊、132万人、民間人は、1000万人以上）

三位は、ポーランドの653万人（軍隊、85万人、民間人は、578万人以上）

四位は、ドイツの515万人（軍隊、285万人、民間　夫は、230万人）
五位は、日本の310万人（軍隊、230万人、民間人は、80万人）
アメリカ含め、連合軍の150万人　（民間人含む）
世界では、6000万人以上が戦没者である。
この喧嘩は、理屈はともあれアメリカを、日本の方が先に撲ったのだ。
「ニイタカヤマノボレ」「トラトラトラ」「我、奇襲ニ成功セリ」そのあげく、撲り返されただけ。
いつまでも、負けて泣いているだけが、能じゃない。
世界中の犠牲者の6000万人に懺悔すべきだ。
子供の頃、ウチの母には「負けて泣くなら、家に入るな」と言われた。

第32　我因引水

国技とは、私は国技の位置付けがわからない。

スモウ場が「国技館」と名づけたから皆さんが、自然又は仕方なく云っているとしか思えない。

私は、日本の歴史を振り返ると、やはりサムライの創った「武の国」であると思う。

今も、歴女含め歴史物が好きな人達の多くは、戦国武将に想いをはせる。

この一国一城の主《あるじ》になる事は、当時の武将の本懐であろう。

とならば、武士の魂である刀、すなわち、大刀、小刀さらに槍を持って当然、徒手空拳ではない。

これを使って、城取り合戦があった。

スモウや柔道で、城を取ったサムライを聞いた事は、ない。

したがって、チャンバラ（スポチャン）ごっこが、日本文化を築いた、サムライの本道である。

ならば、「武の国」日本人の国技だと云って誰に、はばかる事はない。

我因引水のこと。

とび青磁

第33　ノロマ

最近、よく聞くセクハラなる言葉がある。

男が女にとか、女が男にとか、いやがる事をする事を云うらしい。

セクハラなどカタカナだから、加減がよく通じないかも知れないが、簡単に云えば「嫌われている」という事だろう。

同じ事をやっても、好かれている人。そうなら、訴えられる事はないだろう。

同じ事をやっても、嫌われている人なら訴えられる。空気が読めない、というのか。

心が読めない、というのか訴えられて、始めて嫌われている事に気がつくノロマを知っている。

様々に読めないで、一生をフイにした人を沢山知っている。

奥方に嫌われている人が他の女性に好かれる訳がない。

第３４　頑張りメーター

日本国民は、頑張る事が好きな国民だそうだ。

「がんばる病」という病気かも知れない。

「忍耐」とか「我慢」とか「辛抱」とか「欲しがりません勝つまでは」の時代の延長なのか。

大東亜戦争に負けたから、もう永遠に勝つ事はないはず。

しかし、この言葉は今でも、生き続けている。

辛抱や頑張るのに、終わりはないのだろう。だから、一生懸命頑張る。

ただ、頑張り屋さんは、短命だという。

ついつい、力以上の頑張りをしてしまうのだろう。

頑張る事にメーターが付いていないから、加減が解らない。

真面目な人は、ただひたすら病気になるか、倒れるまで止まらなくなっている。

でも皆さん、それにもめげず我慢して、「頑張りませう」

第35　本当の先祖

猿が、人間に進化したのだという。

ホントかね。

アフリカ東部エチオピアで、440万年前の猿人（初期人類）が、住んでいたらしい。

「アルディ」ちゃんという女の子だそうな。

チンパンジーみたいなイラストが、画いてある。

私は、キリスト教やイスラム教の原理主義でないから、この世界の創造論も神世の事も、あまり気にはしていないが。

生物の起源は、ウィルスの進化とかアメーバーやプランクトン等と具体的な物体をあげられると「とんでもない事を云ってくれるなぁ」ぐらい。

まあ、コモド島やガラパコス島ぐらいまでは、笑って受けとめるが。

気候変動や天敵により、淘汰されたりするものは、たとえあったとしても、やはり人間は人間として、この世に生を受けたのである。

でないと先祖が、アメーバーだのプランクトンだのと云われたら、我々は、どのように先祖を敬ったらいいか、わかりません。

第36　ビニールハウス教育

法治国家と言いながら、義務教育の中でも法律や、税金を教えない事が妙だ。

いじめだの、体罰だの、万引きだの、メンチきるだの。

大体において、「いじめ」なんて事は何の事かよく分らない。口でも、相手に恐怖を与えるような言動なら、刑法208条、暴行罪で二年以下の懲役となっている。

万引き等軽く言うが、本当のとこは、刑法235条、窃盗罪10年以下懲役、相手をおどしたら、脅迫罪刑法222条2年以下の懲役、何々を持ってこいだの、くれなど強要したら、強要罪刑法223条3年以下、おどして物を取り上げたら、恐喝罪249条10年以下。

もっと、きっちり犯罪名で教えた方が良い。親共々に、レッキとした、犯罪である。

これでは、やがて、日本国民全員が、犯罪者になる。

学校内は、犯罪者のビニールハウスとなる。

ただし、14歳以下は触法少年だが……しかし犯罪は、犯罪である。

第37　自分投資のゴロ寝

投資という言葉がある。

利益を見込んで、事業に資本を出す事をいうのだが、「自分投資」という言葉もある。

様々自分に投資をするのである。

一生懸命、学校を卒業しグレードを上げる事も、稽古して、段級資格の取得も「自分投資」である。

しかし、そんな事よりもその投資は、もっと身近にあって、例えばご婦人が友達と美味しい、スイーツを食べに行く。

これも、自分の英気を養うための充分な、「自分投資」。

ご主人の仕事帰りに、ホロ酔いの居酒屋。

ホッピーやWチューハイ、これも「自分投資」。

ご婦人のシャネルの口紅、ヴィトンのバック、ご主人の　AD鑑賞や小銭を持ってこそこそ出かける競馬、パチンコ、カラオケ、足裏マッサージ。
明日の、ガンバローの英気となる。
これ全て「自分投資」。
さて、家でゴロゴロと寝転んでいるのも「自分投資」。
なに、それ。

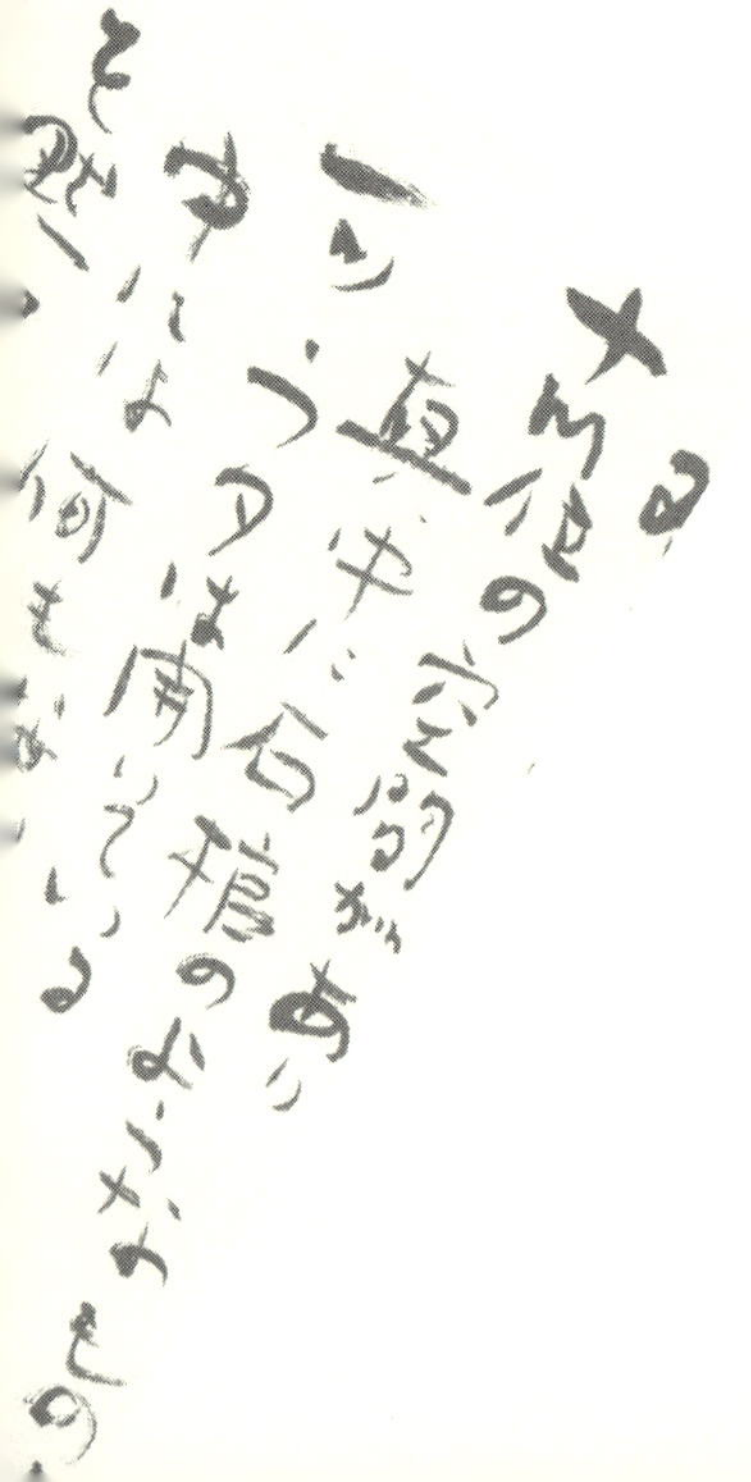

第38　恥は、金で買う

民主主義においては、人間は平等であるという。
何を持って、平等というのか。
貧富の差は、一向にうまらないし、生まれた国ですでに差がつく事もある。
人間の平等とは、貧富や、大、小ではない。
その人のもつ「人格」と「尊厳」をもって、平等となす。
「武士は喰ねど高楊枝《たかようじ》」とは、武士の内包している「衿持《きょうじ》」をほめた言葉だろう。
日本人は、「恥の文化」だという。「尊厳」を失う事なら、生命も、とす。
自分の人格も、相手の人格も、認める事だ。たとえ、幼少でも。
尊厳は、万物にある。
士道は、常に商い衿持をもって、美しい日本の心をなしてきた。
今もって衿持は、突然あがなえるものでは、ない。

第39　ケンカの相手

最近、活字離れだの、本嫌いだの、本の責任に、転嫁している。迷惑な話である。

何も、本に罪がある訳がない、その内容が性に、合わないだけでしょう。

テレビを見ながら、テレビに文句を言っている人が、時々いるが、本を読みながら、本と喧嘩している人を、あまり見た事がない。

本を叩いたり、やっつける人は、ほとんどいない。

マンガでも、エロ本でも。

説教は、人の口から言われると、その語感《ごかん》で、腹が立つ事があるが、本だと感情や相手がないから、自分の事ではないと思って、タンタンと読める。

第一、読みたくないところは、飛ばしてしまうから、ほとんど大丈夫。

したがって、この本もやっつけられる事は、ないと思いますので、安心しています。

第４０　大吉は、何回も引く

願望は叶うかと聞かれたら、必ず叶うと答える。

ただし、宝クジに当りたいとか、競輪、競馬に　勝ちたい等金銭にまつわる欲どおしい事は、ダメ。

物欲ではなく、心の思いの事である。これを拝め、この壷を買え等あろうはずがない。

神や仏が、そんな処にいる訳がない。

いるとすれば、何かの手違いであろう。

願望とは、自分の中の心の問題であるから、求めれば通ずとなっている。

おみくじは、必ず大吉が出るまで、何回も引く。

常に、胸奥で長い気持ちで願望していれば、やがて、そうなる。

そうならない時は、そろそろ願望を忘れる頃か、必要がなくなった時だから、大丈夫。

ただ長く待つ事。やがて、心は変化するから。

第41　眼悪相《めっきそう》という相

経済学では、ヒト、モノ、カネとカタカナで書く、生物学では、ヒトが人になるなど、屁理屈をつける。

人とは、法律上の呼名で、人間とは社会的なあり方を言う。

この人間関係の難しさが多くの災いを作り上げる。

人との交際の第一歩は、昔は3Kなどいい、高学歴、高収入や背が高いなど、外見で見る事もあるようだが、それより生命《いのち》がけの戦国時代がてっとり早い。

顔を見て、「薄眼《うすめ》、長頸《ちょうけい》、鵜《う》かい」は、要注意である。

長頸とは、頸が細く長い。

鵜かいとは、鵜のようにハソがとがっていて顔はこけている。

やがて裏切り、世を惑わす、相である。

その性《さが》は、周囲に悪影響を与える。

「上丸眼、曲眉《きょくび》、豊頬《ほうきょう》、小清声」が良く、曲眉とは、眉が丸く目尻まで、のびている。

あまり、波風をたてそうな眼つき、面つき、怒った時に、かいま見える本性、この「野獣の相」。

何か、憑いているのかも知れない。

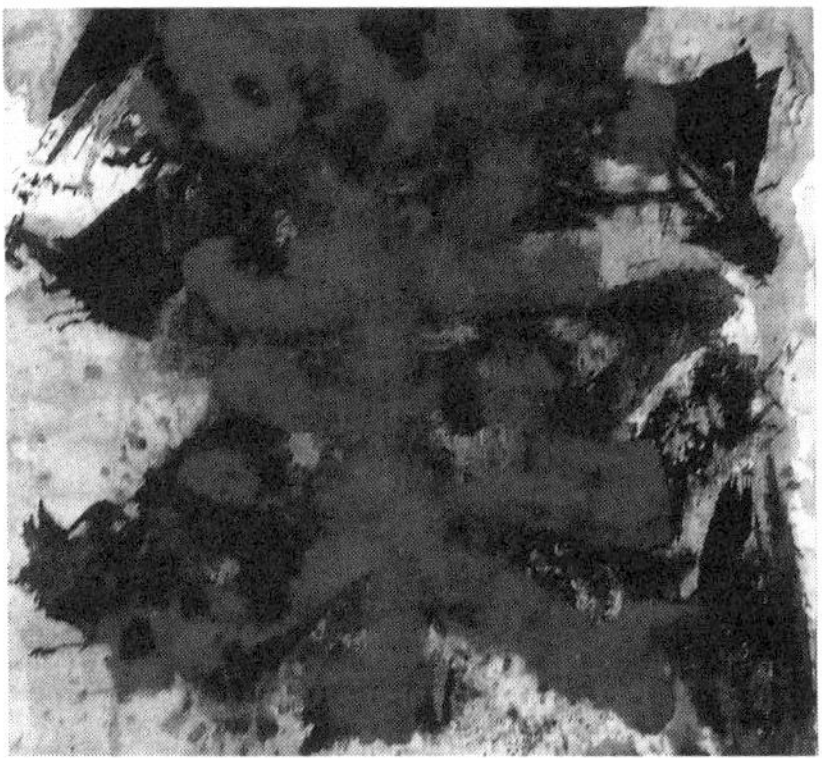

第42　「国破れても自分あり」

只今の日本を取巻く情勢は厳しく、一ツ間違えば、明日の我が身の保障は無い。

世界営業戦争に突入している。

各国も生き残りに、死にものぐるいである。

そう簡単にはいかない。

いや、それどころか、あらゆる分野で連敗辛勝にあけくれている日本企業戦士達。

雲行きは、更にとてつもなく、あやしい。

海外における企業看板もややおされ気味。

メイドインジャパンは、数少なくなってきた。

ある国で、陳列棚にある日本有数のブランド名を見つけ、手にした箱を裏かえせば、淋しくもMADE IN CHINA。

昔「愛国」という言葉があった……（ような気がした）。

「富の再分配」などと称し、正義の味方の如く、自らは、一向に生産性のない政治家、官僚達、他人の稼ぎをあてにして、いわゆる寺銭国家のこの国と、この国民に、他者に依存の甘えの体質が、かい間見えたなら、やがてその国は亡ぶ。

やがては、税金を値上げるしか、能の無い国。

もう「亡国のあそび」に、付き合っている暇はない。

成長の兵端もなく、打ち死に寸前の企業戦士、もう、国という概念《がいねん》が無くなる。

ただ、税金をどこに納めるか、だけだ。

第43　役に立たなかったなあ

フジサンロクオオムナク　ヒトヨヒトヨヒトミゴロ　サインコサイン　タンジェント　ビブンセキブン　ウマノクソ。

外国人が聞いたら、呪文《じゅもん》だと思う。

コレ皆さん、今までに役立っていますか。

正直に、言って下さい。

同級生で、魚屋さんになった人、公務員になった人、パン屋をやっている人、農家をついだ人、漁師、どう考えても、今仕事に、直接役立っているとは思えません。

しかし皆さんは、立派に生きている。

「試験のための勉強」は、誰の為に何の為にするのだろう。

母は二言目には『勉強しろ』と言った。

しかも、いかに勉強しても、大学に行っても、やはりバカは、バカだと。

勉強の内容と社会が必要とのギャップが、開き過ぎている。

東大法学部を出た八百屋さん、美術大学日本画家を出た漁師、ハーバード大学のニート、博士号を持ったプータロー（風太郎）、時はすでに、人生の大半が、過ぎている。

中学校もロクに行かなかった上場企業の創業者を、知っている。

小学校もロクにいかないで、３０以上のビルを、持っている社長を知っている。

役立つ鉄は、熱い内。

すでに、６歳で勝負は、ついているのだ。

しかし、果たしてなんだろう、この日本中のミスマッチの多さと、この大きなエネルギーの無駄使い。

そして、社会の損失は。

第44　コモンウエルスカントリー

今からの世界は、技術の移転、頭脳の流出、などと生易しい時代ではない。

技術も、頭脳も買わなくてよい。

その会社ぐるみ、買えばよいのだから。

また、それどころか国ごと買う時代がきた。

一昔前は、武力を行使して、植民地とした。

現在は、武力を持って国をとる事は出来ない。

しかし、国を買う、いやいや、その国の余っている土地を、借りることは出来る。

アメリカがアラスカを買ったように。

急に、そんなやり方より、その土地に住んでいる人か持ち主から、正規に契約すれば、いい。

広大なアフリカやサハラ砂漠、埼玉県くらいなら話し合えば、どうにか、なるだろう。

「リトル埼玉」「リトル横浜」「リトル日本」

それよりも、コモンウエルスカントリー、つまり、パスポートの要らない女王の国、出入りは、自由となる国。

イギリスは、コモンウエルズゲームズなる、オリンピックのようなスポーツ競技大会を、4年に一度やっている。

大英帝国時代の結束を深め、親善に役立てるためだという。

参加国は、英国の他、オーストラリア、カナダ、南アフリカ、ニュージーランド、ジャマイカ、スコットランド、マレーシア、2010年は、インドのデリーで、開催をする。

フランス語圏の、競技大会というのもある。

それはさておき、今の中国は、すさまじい勢いである。

アフリカのアンゴラにメガチャイナ、灼熱のサバンナに、マンション710棟、スーパー250店舗、小、中、高校、17校、20万人の都市を造っている。

さらに、アフガンに工業団地、コンゴ、カメルーン、ジンバブエ、アンゴラ、ナイジェリア、イラク、トルクメニスタン、ベネズエラ、アルゼンチン、エクアドル、ブラジル、インド、数え上げればキリがない程、中国が、手足をのばしている。

世界中に、華僑大国を造っているのだ。はんぱでは、ない。

第二次大戦前の、日本、韓国、北朝鮮、台湾、満州、ミクロネシア（パラオ）諸島、当時の日本の、コモンウエルスカントリー。

ＯＤＡも、ＪＩＣＡも、ＪＢＩＡも、企業のためではない「日本」を遺るのだ。

そして、仕事のない日本人は、新開拓地に移住する。

また、仏教国は、釈迦の生れたネパール、修行したインド、スリランカ、タイ、ミャンマー、チベット（ラマ）、モンゴル（ラマ）、中国、台湾、日本。

多民族クラブの「共栄」と「共存」のコモンウエルスカントリー。

アメリカのPower《パワー》 Projection《プロジェクション》 Platform《プラットフォーム》の日本も、このままだと、アメリカの「いらない、お荷物」になってしまう。

もっと「力」をつけ、各国から必要と信頼される国に、ならなければいけない。

今からの世界は、絵図が、すさまじく変化する。

鉄砲は、いらない。人間が多いから大国ではない。多ければそれだけ食事が大変だ。

今からは食糧戦争になる。

第45　カス

老衰は、死にたくない人が死ぬとき、一番楽な方法である。

死の恐怖が、あるかないか、わからない状態であるからだ。

自殺はこの世と、あの世をテンビンにかけ、あの世の方が、楽だと思っての確信した結果であるから、これは、死ぬというより、あの世に行く（往）という方が、合っている。

往生《おうじょう》という、言い方があるが、死ぬのではない。向こうで生きるというのである。

その手段として、今、霊魂の外側にある外着、すなわち、着ている肉体が邪魔となったから、脱いだ。身ぐるみというか、この場合、霊魂ぐるみとでもいうのか。

これは、霊が脱けたあとは、カラであるから、これは、ヌケガラである。

（ところによって、カスともいう）

蝉のヌケガラとみたいなものと、考えればよい。

カラ、だから火葬で燃やす。すなわち空《くう》とは。

第46　嘘　色

人間は、嘘をつく動物である。

いままで、只一人として、嘘をついた事がない、と言う人は、ウソである。

嘘もいろいろある。

小さな嘘、大きな嘘、可愛い嘘、悲しい嘘、罪のない嘘、いい嘘、悪い嘘、また色のついた嘘もある。

まっ赤な嘘、黒い嘘、青い嘘、黄色、茶色、ピンク、色とりどりである。

あなたの嘘は、何色ですか。

ピンク？　嘘でしょ。

第47　正義は悪義

大方の人は、人それぞれで、しかも自分の考え方が正しいと思っている。

したがって、意見の異なりや対立した場合はその双方の正しさがぶつかる。

裁判や戦争は、その両者の正義の対立で起こる事は言うまでもない。

自分は自分の中にある正義のためにパンパンに張っていて、他には、悪義となっている事に気づかない人が多い。

全部の人にそれぞれの正義とそれぞれの悪義となっている。

第４８　１００分の１以下

ここに１００人の人がいる。

この１００人に同時に同様に説話をしても百人百様に聞くものである。

自分と同様の心になり得る者は、極めて少ない。

あえて、数で示せば３分の１位が、もっともだと考えてくれればよい方で、後の３分の１は、どっちでも良いと思って聞いている。

残りは、全く合入れない位に考えてもとても考え過ぎではない。

それどころか、もしかしたら１００分の１００が聞いていないかも知れない。

時間中、眠っている人もいるから。

第49　梵我一如

人間の我をアートマンと言う。

我《が》を張るとか、我が強いとか言われるが、この我の持つ煩悩《ぼんのう》で人々は苦しむ。

人の煩悩は誰が数えたか108あるという。

この煩悩を一ツずつ消していくのが、修行であり出家が出来ない人は行の代行業者に、すなわち不施行《ふせぎょう》で代行して貰う事になる。

代行でも煩悩を一ツずつ消してゆくと身心が軽くなるという。

軽くなった我は、天に昇り易くなり、これを昇華《しょうか》という。

その天には、ブラーフマンという悟りの世界があって、ここで初めて、全ての迷いから救われるのであるが。

しからば、修行至らず身軽になれなかった霊魂はどうなるのかと言えば、人間界の周辺にウロウロする事になる。

この迷った霊魂は、イナゴになったり、シラミになったり、ゴキブリになったり、輪廻転生《りんねてんしょう》を永遠に繰り返し、昇華する事が出来ないという。

したがって、この世の生きとし生けるもの全てが昇華出来なかった先祖の迷いの姿である。

くれぐれも蝿叩きやゴキブリホイホイで取らぬようにして下さい。

ただし、私は本当の事は知りませんから。

第50　精

一ツの金魚鉢の中に、２匹の金魚が入れてある。

一ツの植木鉢の中に、２本の花が植えてある。

一ツの家に、２匹の犬を飼っている。

理由は解らないが、いつしか片方が弱ってきたり、枯れてしまったり、死んでしまったり。

それは、他からは仲良く見えただけで何か眼に見えない何かに起因しているのだ。

「精《せい》」である。

すなわち魂の活動。

これは、人間社会にも当てはまる。

あの人とは、気が合うとか、一目惚れとか。

その人のそばに一寸いただけ口も利かないのに、ゾォーとするとか。

ガマガエル、毒グモ、毒ヘビは、常に周囲に毒気を捲いている。

この毒気という「精」は、何もクモやヘビだけではない。
山川草木の精は、全てが出しているのだが、ただ気づかないだけだ。
例えば、会社でも、地域でも、家の中でも。

第51　宇宙教育

教科書も買えない一昔ならいざ知らず、学校と称して子供達を刑務所の様に横並びに勉強レースを強制する、落ちこぼれは哀れなものである。

今は新聞、ラジオはもとより、テレビ、インターネットとリアルタイムで、最先端が学べる。

世界中の知識が世界中に溢れている。

義務教育という、旧態依然とした過去学で、クイズ教育は、多くの能力とそれ以上子供達を押えつける。

この呪縛を義務として、いい学校に入って、いいところに就職する事を先生や親が目指している限り、この子供から、素晴らしい発明、発見は、まず、期待はできまい。

〔教える〕と称して〔おさえている〕やがて、ネット教育で世界中の何処の名博士からでも、名数授からでも、自由に選択出来、学ぶことができる。

それは、ベネズエラからでも、モロッコからでも、どんな地球の果てからでも……。

第52　因　果

人には好き嫌いがある。

(他の動物にもあるだろうが)

食べ物はもとより、色や花や絵や人間も。

この人は、好きだ、あの人は嫌いだ。

犬は好き、猫は嫌いだ、ヘビは嫌い、魚は好き、この原因はなんだろう。

初対面でも、ドキドキする程、好きな人。

いつかどこかで、逢った事のあるような、なつかしさを感ずる人、気のあう人。

ずっといても疲れない人、顔を見ただけで疲れる人、この感情はどこから湧いてくるのだろう。

それは、あなたが、あやなす祖先からの延長線上にあるからだ。

その血のあやなしを引き継いで存在しているからだ。

祖先の誰かが好きだった人、祖先の誰かがやりたかった事、やり残した事、祖先の思いなど、それがあなたのＤＮＡの中に残っていて、今あなたの骨肉の中で生きているのだ。

また、あなたのやり残し、言いたかった事は次の代に、またその次の代に、引き継がれていくからやっかいだ。

これ、因果という。

徐々に薄まってはいくが。

第53　ささやきワクチン

どこにでも、「ささやき」のうまい人がいる。

この、ささやきによるすりこみは、とてもやっかいである。

チョコっと、ささやかれるのだが、耳にとどまらずダイレクトに脳の奥深く、脳幹まで浸潤《しんじゅん》する。

そして、ぬけない。

会議や街頭の名演説より、親切まがいにすり寄りすりこむ。

この「ささやき」の方が、勝つのである。

この「すりこみ」の手法は、かなり身近にあり、そして今、世界中を動かしている。

検察やマスコミのチョコチョコ流すリークも、株屋の流す風評も、みんなこの手である。

隣近所のもめごとも、寝物語りの女房も、みんなこの手である。

今、ささやきワクチンが必要。

第54　心量

その器には、おのずと入る量がある。

杯には杯の量、茶碗には茶碗の量、風呂桶には、風呂桶の量、この度量が、その人の許容量であろう。

己の器がいかなるものか、今一度反省したい。

小事にこだわる杯程か、はては清濁、大河を合わせのめる大海の器量か。

己の心根の開き方、有り方に依り、器は宇宙にもなる。

度量は、無限である。

バケツの底の抜けている君には関係ない。

第５５　対人研磨

人は、様々なものや事象に依って磨かれる。

対人行為は、その機会を少しでも得るところである。

人をうらぎったり、うらぎられたり、愛したり、別れたり、好きになったり、嫌いになったり。

そして、とがった人間が、四角となり、四角の人間が六角八角となり、やがて世俗のアクがなくなった時、その世俗の角が一つ一つとれる。

人間は、丸くなりながら坂を転がるように、年をとっていく。焼場の骨を見れば、解る。

とがったところは焼いてもまだつっぱっている。

第56　音無声

ここで言う炯眼《けいがん》とは、見えないものを見る眼。

すなわち心の中の眼。

炯眼をもって、人と接すれば、大事は、起きまい。

空聴とは、聞こえないものを、聞く聴。

音、無き声、すなわち声を聞かなければ判らない、人に言われなければ、気づかないと言う人は、この世では、全てが遅くなる。

空耳とは静かに眼をとじていると聞こえてくるジーっという。

第57　土

土とは、己に帰る事。

帰するところ最後は、土に帰ると言う事である。

短い人生しかるに、あわてる事はない。

己を、見失なわない事もその一ツであるが、所詮人の世の短い時間に出来た事などたかだか知れている。

人間は、すべて不器用であると思った方が良い。

人生は、一生にあれもこれも器用にこなしている様に思えるだけで究極やってきた事は、一ツもあれば良い方。

なかんずく結局、半分の道しか歩いてこなかったことに気づく。

第58　異界の道

道にも、いろいろある。

あぜ道のような危うい道、又、行き止まりの道、人の歩けない道、車の道、これらも全て道という。

人の歩み進む道の中にも、邪道という道もある。

仏教には、六道《ろくどう》という道もある。

己の歩く道は、俗界《ぞっかい》の道なのか、結界《けっかい》の道の入口なのか、冥府魔道に踏み込む異界の一歩なのか、異界である神の世界に入るのは簡単である。

あの鳥居をくぐればある。

第59 宿心

人をして神などと何かと勝手に引き合いに出し、個人の都合で利用している輩もいるようだが、神はそんな個々または、団体の都合によって働いている訳がない。

星座、血液型、水晶、手相、字画、鬼門。

天地創造の神とならば、それら部分的な所在があるとはとても思えない。

しからば、いずれに在るかと問われれば、それは、己の心の中、としか答えようがない。

第60 夢《む》欲《よく》

人は夢を見る動物だ、という。

他の動物は夢を見るかは知らない。

ここで問う夢とは、眠っている時、見る夢も含めて将来の希望とでもいうのか行く末の事である。

しかし、この夢というものは、えてして欲と共連れが多い。

その欲は良い言い方をすれば向上心や出世などともいえるが、その心根は、おおむね他を排他したり、嫉妬、我がままから発生するところが大きい。

人生で一番情けない時は、となりの家が自分の家より大きな家を建てた時、人生で一番うれしい時は、その家が焼けた時……だそうだ。田舎で聞いた話。

第61　齢《よわい》十《ぷらす》

人には、寿命がある。

普通はこの世に生を受け、死に至るまでの間をその人の齢《よわい》という。

しかし、真の齢とはその様な数え方ではない。

真の齢とは人々の心の中にあって生き続けるのである。

例えば二千年以上前に、この世に数十年存在したイエスキリストや釈迦は、この世に存在した実在、齢＋《プラス》人々の心の中に存在している齢をも加えて生誕何年とする。

ゴッホやベートーベンとてしかりである。

ただ、ファンがいればの話だが。

ただ病気を恐れ、長生きするのが、人生の目的ではない。その人が「何をなしたか」であろう。

「ヨワイプラス」

第62　外《そと》の外の外、中《なか》の中の中

神がいるか、と問われれば、私はいると答える。

なぜなら、いかなる人知の長けた科学者とて、いかなる有識者とて、この顕かに存在するはずの銀河系はもとより、さらにその外側をも全く想定することすら出来ないのである。

アインシュタインであろうが、ノーベル賞であろうが。

小さいものだ。

外の外の外、これら宇宙の外は、我々人類は、永遠に到達することが出来ないだろうことや、さらにその中の中の中も同様である。

それは無限の世界か、無知の世界か人知をはるか超え過ぎて論争する人もいない。

無とは、何も無い事だが、何も無い「無」という状態が、この世に存在するという事が、摩訶不思議である。

ビックバーンくらいでは、納得がいかない。

ただ、解らないだけだ。ミクロ、マクロなどという、電子顕微鏡や天体望遠鏡など、たかだか人間の作ったレンズで見てる状態など、日本のアリンコがアメリカのノミの眼を肉眼で見るようなもので、まこと心もとない。

宇宙の中の中の中、外の外の外。

ほとんど見えていないのが、現実である。ガンでも自分の年齢も。

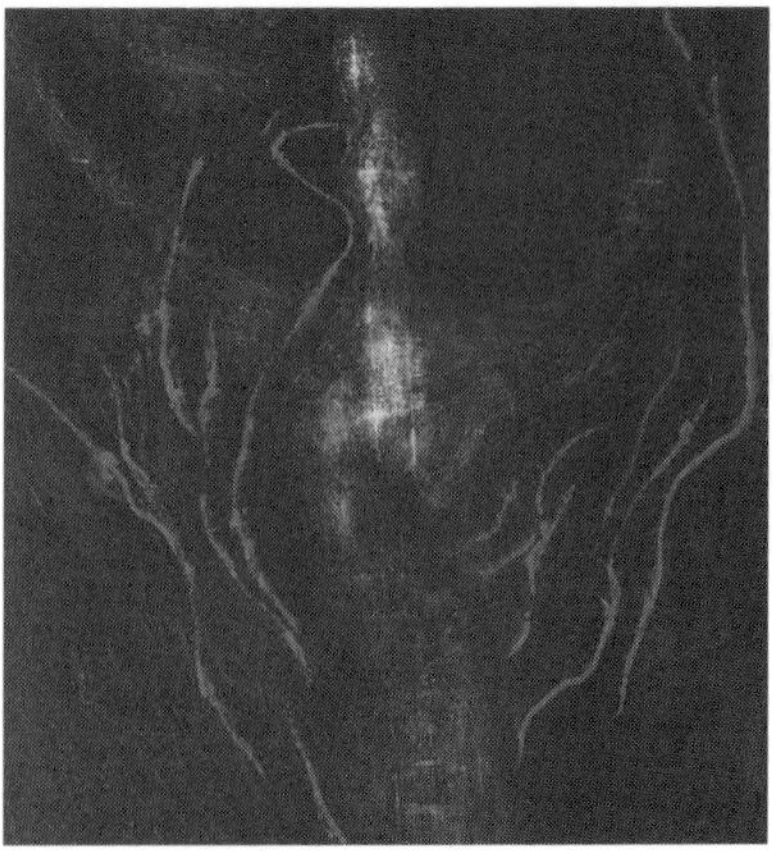

第63　あの世の長さ

人の世の短さ、はかなさは人間の言葉を持っていい尽くせない程であろう。

人間には、この世で生活する長さと、あの世で過ごす長さがある。(但し、あの世があればとの話である)

この世とは、比較にならない程、あの世の方が長い。

さりとて、残念な事に誰一人として、あの世の生活を経験したものがいない。

というところに、人間の不幸がある。

人間は、やがて、この肉眼であの世を見ることができるようになる。

第64　トコロテン人生

一年が短い。
昨日の夏が、今日にはオーバーの衿を立てる。
光陰矢の如し。
というが、なぜそんな急がせるのか、不思議である。
地球の回転が、早くなった訳でもあるまい。
昨日の赤子が早、歩き、そして、その子は早、学校に上がるという。
他人の年を経たのは、時々判るが、自分の年をとっていくのは、全く気づかない。
ただただ季節に、背を押されているだけか、とは思わない。
トコロテンを押し出すように、誰かが一生懸命、後から押しているのだろう。
押しているのは、この子供達かも知れない。
孫かぁ……。

第６５　宇宙の八分

ある学者が言った。

宇宙は７０億年後になくなると。

また、地球は５０億年後に消滅すると。

それは、ブラックホールにのみこまれるんだと。

科学者だか、予言者だか、占い者だか、気象予報の方だか知らないが、よくシャーシャーしく言うよ、と言う感じである。

７０億年後に生きてる人に、聞いてみなければ解らない話。

しかし、毎日燃料を一杯使って燃え続ける太陽は、やがて燃料が切れる事は確かだ。

諸行無常は、太陽にも地球にも、あてはまる。秒速２１７キロメートルで銀河系を回っている。

そんなややこしい事よりも、ブラックホールは、非常に身近にあって、宇宙も太陽も地球も花も鳥も酒も煙草も女も競馬も、一瞬に消滅する。

自分のブラックホールに、のみ込まれるのだ。

そのブラックホールは、誰しもが持っていて、それを「死」と言っている。

ブラックホールは、宇宙の死ではなく、すなわち自分の死。

人間は一人ひとり、自分が宇宙だから。

第66　六　食

1食目は、腹を満足させる。

すなわち満腹のための胃食である。

2食目は、昨今流行のグルメとか、美食とか、三ツ星とか、陰で何を混入させているかつまびらかにしない舌ざわりの良い喉越しの良い食、すなわち舌食という。

3食目は、ポリフェノールだのカテキンだの薬膳だの健康に良いとのふれこみで、どの様にどの程度良いのか本当のところは、さだかでない、これ健康食という。

4食目は、細胞生命の限界を超える120歳以上に、挑もうとするテロメアの食事、これ細胞食という。

5食目は、いかに優れた細胞でも天寿があり、やがて終末は来る。

人間の生理として排出されるところの大小便、この臭いは、いかな訳か、大多数の人間に厭われる。

多くの人はこの部分で尊厳を失っている。

しからば、シャネル№5やゲランの如き香りが、漂うものの排出が人間の必須である。

これを、尊厳食という。

6食目は、その物を食べると滋養強精はもとより、あたかも、カイコがマユを出すが如く、
また、天蚕《てんさい》は淡い緑色、絹のダイヤモンド。

天女の羽衣をつくったという。天照大神はこの機織娘だったそうな。

黄金を排出する食物が、人間の究極の食である。

この食は、子孫を始め万人に重宝がられる。

第67　不幸買《ふこうか》い

そちらに歩むと、大きな穴があって、奈落におちることが、人々には判り過ぎる程見え見えなのに、何故か、わざわざその方に歩く人がいる。

それをあがなえば、必ず大損をすると、他には見え見えなのに、それを努めて、あがなう人もいる。

運や不運などという人もいるが、それは、もはやその人に与えた天からの指示と思うしか、他はない。

生まれながら、そのレールは、すでに引かれているのだ。

その人は、それぞれに堕ち急ぎ、病になり急ぎ苦を買い急ぎ、そして死に急ぐ、これ天命であり、なまじ人力をもって、とてもとても、引きもどしきれるものではない。

ホラ、落ちた。

第68　迷惑

人に訪れる終末。

この世とあの世のトビラの奥の力が強く、心も身体も、歩調を合わせ始める。

この静かなひとときを「御臨終」という。

だがどうした訳か、この期に及んで、にわかしがみついたり、「頑張って」と応援する人もいる。

運動会ではないのだから。

三途の川を渡ろうとしているのに、うるさいのだ。

気がちる。

そんな人は大方、普段不義理の人が多い。

存分に看とっていた人は、大方精根尽き果てた状態。

本当に頑張ったら、もう一泊しなければならないのですが。

第69　縄文《じょうもん》のシェフ

人は、成長期の六倍の寿命を、持っているという。

しからば、20歳で成人とするなら、細胞存命の120歳までの生命は保障をされているのだ。しかし、どういう訳か80歳や90歳代で終末を迎える人が多い。

口は災いの元というが通り、その元凶は口から出入りするものに大方の原因がある。

出る言葉もそうだが、入る食べる物である。野菜、米始め、シェフ、料理人などを、今一度、疑って見た方が賢明であろう。喉越しのよい物が全てうまいなら、病は舌と喉の責任である　舌と喉をだますのがシェフ、料理人の仕事であるからだ。

元来、与えられた寿命120歳の半分くらいで大方が糖尿病や心臓病やガンを患っている原因を考慮せなければならなくなっている。

さりとて、農薬や科学的なものを全く使っていなかったはずの縄文人やオーガニックが病気にならず長生きだとは聞いてはいない。

第70　知恵と知識

学歴社会だの、学校歴社会だの、久しくいわれ、リゾート大学などと、いわれる学校も大きく改革を、せまられている時代となった。

世の中は読み書き、ソロバンが出来ればそれで十分活動が出来、難しい知識など、一部専門家や学者だけで結構。

一般社会では、そんな知識より、もっと必要なものは、その場その場の知恵である（智慧ではない）。

知恵は字の如し、知の恵（めぐみ）。

知識より知恵を使ってこの短い世の中を上手く泳ぎ渡っている人達は今、勝ち組の仲間になっている。

第71　他人の国の字

日本には、美しい大和言葉《やまとことば》があるのに何故、漢字を尊重するのか解らない。

漢字検定はあるし、「しんにゅう」だか「しんにょう」だか、田邊の「なべ」は、先日、区役所から「邊」点が二つだから、一つの時は間違いです、だと。

日本は、最早英語とひらがなにした方が間違いない。

「贏」「髑」「顱」「龗」これ読めますか、これ使いますか。

「ニッポンは、もう、エイゴとひらがなにしたほうがまちがいない」

カタカナは、デンポウのヨウだが、ひらがなのヤマトことばは、「なれれば、よみやすい」

そのうちオールひらがな、カタカナになるときがくる。

ローマ字も解りやすい。

もう、となりのクニの「字」はいらない。

ややこしい。

第72　水の縁血は、水より濃いという

自分の体の内に流れている血は、元より自分だけのものではない。
祖父母、父母と連綿と先祖より引き継がれている血脈である。
しかし時として、その縁は切れる。
それは、親子でも親戚でも。
逢いたくない人、逢っても仕方ない人、自分の心の中から、消えた人。
自分の中では死んだ人。
さびしい事だが……。
血のつながりはないが、離れられない人。
水の縁は、血の縁より濃い。

第７３　身近な人種

人は、人種というと、白人、黒人、黄色人種をいう。民族というと、世界の様々な民族、例えば、アングロサクソン、ユダヤ、アラブ、ゲルマン等思い浮かべる。

いや、最近もっともっと身近ですごく理解しづらい人種だか民族だかがいて、しかも威張っているのだ。

化粧は厚く、目には瞼《まぶた》が重いだろうに「ツケマツゲ」そんな面倒なものを付ける動物は、他にはほとんどいまい。

男と女は、同じ所に住んでいるが本当は全く異文化人なのだ。

人生観、行動様式、着ている物、食べる物、食べ方歩き方、言葉すら異なる「女性語」すなわち「女言葉」を喋るのだ。

体型も男より小さく、マッチョはいない。

しかも乳房やお尻は大きく、子供を産む。
すぐ泣く。
声もオクターブ高い。
遠くで聞いても女と解る。
優しい（一部を除いて）。
この様な異文化人と暮らしているのだから、トラブルや悩みは尽きない。
これは、お互い様だが。
（頑張ってください）

第74　深山を見る

人間は、いかな善人でも体の中に狂気と魔性を持っている。

狂気と魔性と理性が同居している。

人が、あの人はいい人だといっても、その狂気と魔性は見えないからだ。

しかしいつ、その狂気と魔性が起きるか判らない。

時々大事件が起き「あの優しい、温和しい人が信じられない」

昼と夜の顔が違うとか、キレるとか、出来心とか、人は、狂気と魔性、それを圧える理性を均衡して持ちつづける。

その魔性は、ちょっとした事で垣間見える時がある。

第75　人ごと

大がいの人は、人の痛みには耐えられる。

大がいの人は、人の悩みにも耐えられる。

大がいの人は、人の苦しみにも耐えられる。それは、人ごとだから。

しかも、人の喜びや楽しみは、大方が共感が出来る訳ではないから「話半分」で聞いている。最近目立つのが、人権派と称するいい子ぶりである。

昔は「ぶりっ子」と言ったものだが、中でも特に「死刑制度反対」等、声高々に宣う輩にそれが法務大臣だったりすると我々国民はどうしたらいいのか戸惑う。

その人達は多分、人の痛みには、ほとんど耐えられ、人の苦しみには、ほとんど耐えられ、人の悩みには、ほとんど耐えられ、見上げた人だと思う。

私は、煩悩のかたまりだから、「死刑は反対でもいいが、その代わりに、仇討制度復活論者である」だけど、これも人ごとですから。真剣には考えていません。

第76　彼岸の悲願

島国日本、五大大陸につながっていない情無さがある。
孤立しているのだ。
「黄金の国ジパング」とマルコポーロさえ東を指差しただけ。
シルクロードは、日本にはつづいていない。
日本の悲願が、現実になる時が来た。
一本目は、東京からサハリンへつなぐシベリア鉄道でヨーロッパ。
二本目は、九州、対馬から、そしてプサン、シルクロードにつながる。
三本目は、鹿児島、沖縄を経て台湾。
そしてフィリピン、シンガポールへ。
やがて日本人は、この二本足でユーラシア大陸に歩いて行けるようになる。
アメリカ大陸にも。サハリンからカナダ経由。

第77　鳥居と神々

グローバルスタンダードとか、アメリカの核の傘下など様々に渦巻く世界の潮流。

わが国、日本のアイデンティティなかんずく世界の中での存在感は、ますます薄くなる。

さらに、ＢＲＩＣＳなる国々が台頭し、経済はもとより、ミリタリーバランスも崩れる。

流木に身を委ねる弱小国、日本、州になるか、省になるか油断が出来ない。

紀元２６６９年スメロギを中心に、この素晴しい文化を築き上げたきた倭国も、またまた正念場を迎える時がくる。

鎖国政策がもどる訳もなく、２・２６事件の時代錯誤もない。

大東亜共栄論も時として、持ち上がるがすでに時は流れている。

どの様なチョイスを用意しているのか。

卑弥呼は、鬼道を能くし、衆を惑わした。

この鳥居と神々の国……さてどうする……。

第７８　先ギリ

この世の付き合いに「義理」というものが、ある。

社交上の礼儀を以ってする、行動規範であるが、冠婚葬祭などに義理を欠く事を、浮世では、不義理と言っている。

年賀状、暑中見舞い、病気見舞いなども、義理に関係するものか、事々他多い。

義理チョコ、義理メシ、義理飲み、義理マン、から義理カケ、義兄弟、生れた時から死ぬまで、また、死んだ後まで親族や友人の間で、やりとりしている通過儀礼もあるが、大方、儒教の思想の延長に含まれているらしい。

通過儀礼だけで、１人に４０以上あり、その他、浮世の義理を入れたら、数知れず、とても身と金がもたない。

だから時々、不義理をするのだ、しかし、ただ不義理をしたのでは、後生《ごしょう》が悪い。

したがって、先義理《さき》、後義理《あと》というのが、あって、当然、先に義理を果たしておくのを、先義理というのだが、これは「一期一会」という言葉通り、お逢い出来た時が、常に最後という覚悟を持って、心を持って接する。

よこしまのない、美しい心から、先義理をさせて頂き「ありがとうございました」と腹中無声にて、御礼を申し上げる。

後義理とは、不義理や先義理をしそこなった、己の不足を埋めるため、行うのであるから、己の癒《いや》しである。

第79　バケツリレーの国

地震、雷、火事、かかあ。

恐い順番だそうだ。

東海地震、南海地震、関東大震災、必ずくると専門家が、口をそろえる。

天災というが、チョット間違っていやしませんか、ほとんど人災で、死んだり、壊れたりして、いませんか、先般の阪神、淡路大震災のたかだか17秒、高速道路が、ひっくり返ったり。
○地震が、電信柱を倒したのでは、ない。
電力会社の電柱の設置が、甘いからだ。

いや、いや　60年前、ドイツは、第二次世界大戦後、様々の教訓から復興は、電線の埋設から始めた。滑走路（アウトバーン）を作った。

日本は、バラックを建て電線から電気を盗むことから始めた。

その違いは、なんだ。

文化か。
○なぜ、家が壊れたのか。
大工が下手だから。

屋根が重くて、壊れやすい。

ツーバイフォー2×4、マッチ箱工法なら簡単には、壊れまい。
○なぜ、橋が倒れたのか。
工事が、手抜きだったから。

(地面を調べた学者も　設計も、何の計算をしているのか、アネハか)
○なぜ、水道管が破裂したのか。
水道だけではない、地中に埋まっているガス管400万本が、すでに老朽化して、腐っている。

いつ爆発しても、いい状態。

地震をいかに、予知しようと国を上げて、やっているようだが「予知したから、どうするの？」という事である。

「予知できれば、倒れるビルを誰かが、支えてくれる」

「予知したら、ガス爆発は？」

始めから、燃えない家、倒れない家、壊れない橋を造っておけば、よかったのです。

何事でも、起こるべくして、起きて、そして、「想定外でした」

もう、来るべき地震が「危険の予見可能性責任」及び「結果回避義務」の範囲であるにもかかわらず、旧態依然として、ほこらしげに立っている電柱、簡単に切れる、ライフライン。

防災訓練などと、バケツ水投げ訓練をしている、むなしさ。

阪神大震災は17秒。地震は大小なりとも毎日どこかで起きている。

後は、堆積物の楼閣の神だのみ。

早くソーラーか、水素にして下さい。

第８０　オンナ仕事

男には、男仕事がある。女には、女仕事がある。

太古の昔より、男は外仕事。

山に狩で獲物を捕ってくる。

女は、家を守り、子育て、家事が適している。

最近の傾向、すなわち草食人間となって、男が、女仕事をし、家の中で居場所を作っている。

特に定年後、その点が顕著で、朝からお風呂の掃除をしたり、毎日、冷蔵庫を磨いたり、庭掃除などをしている。

これ、女仕事という。

男なら外で、狩をしろ。

目標を持てば、目先が変わる。

古来、日本人はサムライの国。

刀を差して天下国家をを造り上げてきた、武の国。
今一度、男は男仕事をやるのだ。
なに、刀がない……。
知るか！！　そんなこと。

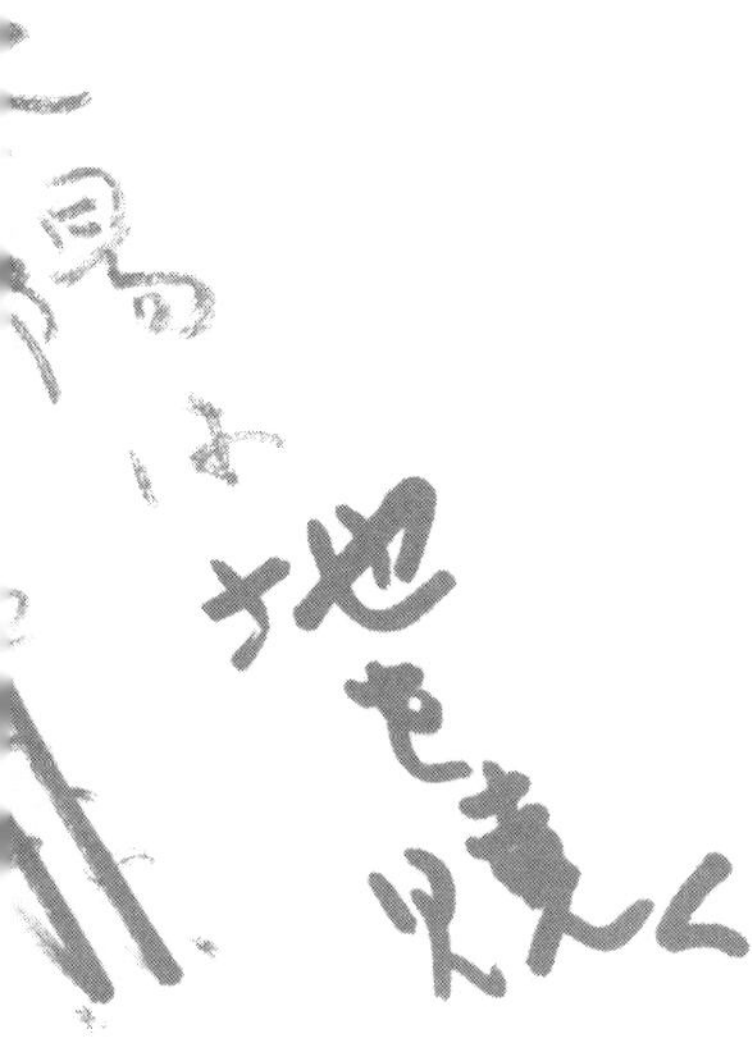

第81　長生きの出し惜しみ

何事と言えど、意見の対立はある。

大外の人は、自分の意見を通そうとする。

組手を論破し、いい負かそうとする。

しかし、祖手を言い負かすには、それ相当のエネルギーを使う。

何事にも折れない人は、シンが強いとか、ヨイショされるが、大外、早く力を使いきり早死している。

人の持っているエネルギーは、無尽蔵ではない。

限りがあるのだ。

一日のエネルギーも同じである。

朝使いすぎたら、夕方は、クタクタになる。

翌日に響く。

それを毎日繰り返したら、たまりません。
そのエネルギーを使い切った時から、老、死に至る。
而して、エネルギーは、「適当に出し惜しみ」をして下さい。

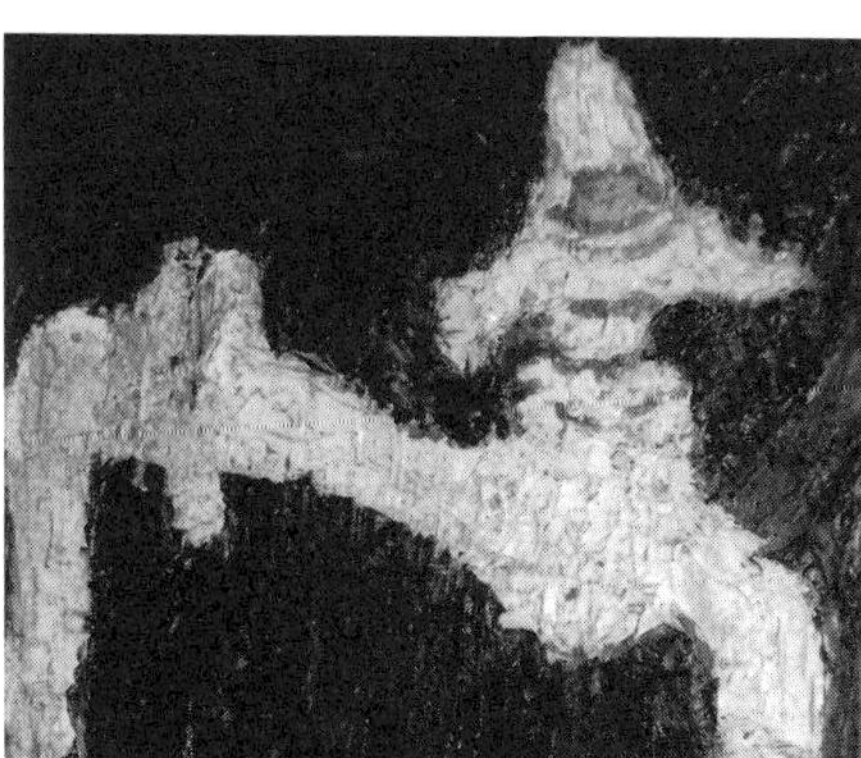

第８２　パワースポット阿蘇宇神社

困った時の神だのみ、日本人の大半が正月には、初詣に出かける。

毎年、三ケ日の発表がある。寺八万、神社八幡あるがその1位は、３１９万人の明治神宮。

次は、２９８万人の成田山、２９６万人の川崎大師、２７０万人の伏見稲荷、２３５万人の熱田神宮。

これらが、毎年上位をしめる。

神社仏閣は、日本におよそ8万くらい。

寺も8万、道祖神、日の神を含めると３０万くらいとなる。

何の御利益がと言えば、どこも大体が同様である。

とはいえ、この大きな神社、お寺さんの混雑は、ハンパではない。

バーゲンセールの押しくらまんじゅうより、すごいところもある。

ヒモについた大鈴や鰐口《わにぐち》を鳴らせるところまでたどりつく事は、至難。

仕方なく参拝者の頭越しに遠くから、さい銭を投げ入れる。

あぶない、これで御利益を期待する方が無理だ。

でも皆様、初詣というより、名所、旧跡の物見、遊山的要素の方が強い。

ワタアメもあるし、お汁粉もあるし。

見損なってはいませんか。

皆様の住まいから、周囲を今一度、見回してください、あるでしょう。

氏神様《うじがみさま》＝これは、あなたの先祖代々の守護神である。

産土神様《うぶすながみさま》＝これは、あなたの出世地の守護神である。

鎮守様《ちんじゅさま》＝これは、今あなたの住んでいる地域の、守護神である。

これを三社詣というのだが、とても他人ごとではない。

知らない人は、今からでも遅くはない。

それから、どこか片隅にある道祖神、お地蔵様、庚申《こうしん》様。

みんな、あなたの先祖が、それぞれ大事にしたものです。

いささかでも、郷土の歴史を知り、郷土愛にめざめ、なかんずく、自からのアイデンティティの自覚、すなわち、越し方、行く末のの証明である。
何かの足《た》しに、なるかも知れない。
ただし、さい銭を入れる事だけは、忘れないでください、くれぐれも。
払った心が、落ちつくのです。

第８３　新しい家

日本の家は世界有数の寿命が短い家だそうだ。

大工さんが見に来て、

「雨漏りも、もう２０年もたっているんだから仕方ないよ」

３０年たったら「もう３０年じゃ建て替えですな」

フランスのシャンゼリゼに立ち並ぶ石造りの建築物、友達が住んでいて、

「ここでは１００年くらいだったら、ニュー（新しい）ですよ。オールドは２、３００年くらいたたないと」

江戸時代や信長の時代である。

そういえば、イギリスの友人は、

「これは祖父の祖父のその上の祖父が買ったものです」

しっかりした木材の机や家具を大切に手入れしている。

全てがしっかりしている。
だから国もしっかりしている。
日本じゃ見た目だけ。紙とベニアの国だもんね。焼夷弾で全焼するわけだ。
地震、火事、津波、噴火の国、どうする。

第８４　ブレーキのついてない車

車がブレーキがなくて止まらないと解ったら恐くて運転しませんね。

飛行機がエンジンが止まらないと言ったら乗れませんね。

原子力発電も初めからそう言ってもらいたいもんだったね。

もの凄い高給の原子力のスペシャリストらしきがこぞって相談して、あげく「止まりませんだって。

世界中が驚いた。あいた口がふさがらない。

ましてや燃料棒が放出している放射能。

放射能は半減期が長いものは、プルトニウム２３９。２万４０００年だとさ。

放射能が恐くて言っているのではない。

ウランやプルトニウムを扱う人のあまりの無能さにがくぜんとする。

mox《モックス》、プルサーマルはできないし。

幼稚園児にへんなおもちゃを買ってやったようなもんだ。
何しろ４年たってもいまだに止まらない、フクシマ。
地下に川が流れているんだって。
誰がそんなとこ、決めたの？
「責任者ァ」自分で出したゴミは自分で片付けろ！

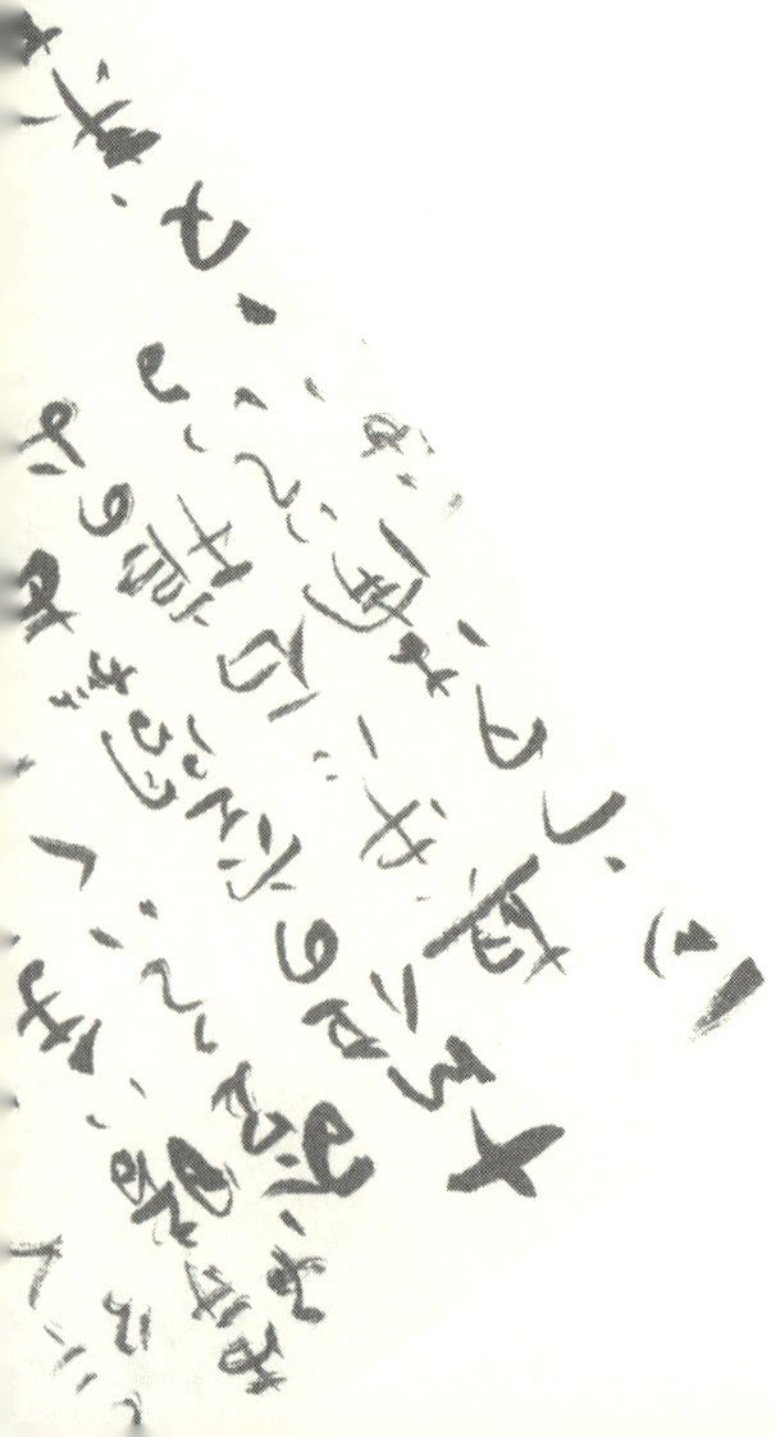

第85　ロンドン日帰り通勤可

日本にこれほどの朗報はないでしょう。

燃料革命である。車はもとより飛行機、潜水艦などの軍用にも、家庭で使う電気でも。

ありとあらゆるものに応用が出来るというすぐれもの。

日本のように資源に乏しい国には願ってもないものであろう。

これこそノーベル賞超もの。

排気ガスは出ない、音は静か、水素。

3分充電で650キロメートル走る車ができた。

当然として水素はロケット燃料としても使われる程パワーがある。

秒速11・7キロメートル。時速42・127キロメートル。

H―2Aロケット27号機（種子島から打ち上げたロケット）は1分で702キロメートル。

ひとっとびで大阪を飛び越すのである。ロンドンまで15分くらいである。
やがてジェット機はなくなる。
ロケット機になるのはそんな遠い時代ではない。
ロンドンの日帰り通勤可。

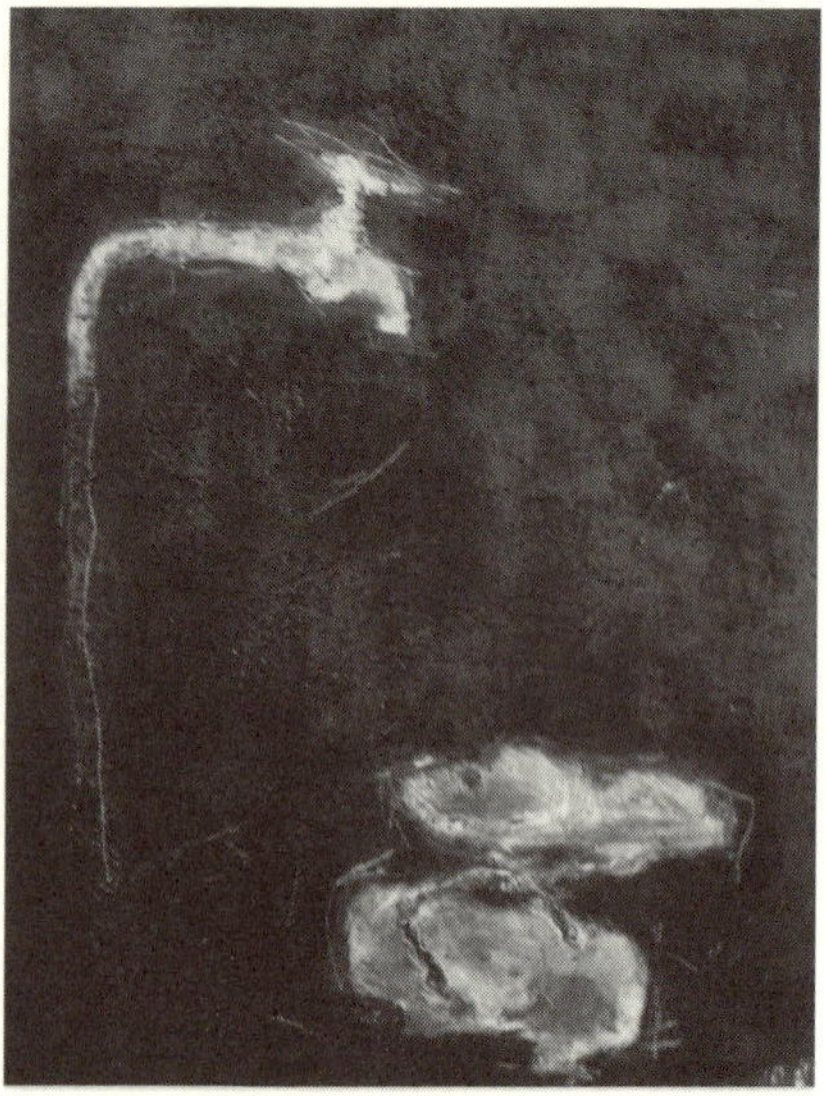

第86　逃げ惑う日本人、地面と縁を切れ

地震がくれば倒壊する家屋や山くずれ。

台風がくれば吹き飛ぶ家屋や木々。

雨がふればあふれる川や下水。

日照となれば枯れる田畑。

噴火となればなす術がない。

津波はきれいさっぱり海が持って行く
近々、東、南海、関東大地震がくると、連日学者や新聞などが報道する。

「ホントかいな」というわけなんだが、まずは諸々の物を創るとき基礎が重要だ。

しっかりした岩盤にしっかりした基礎を打ち付け、地震や諸々の災害に備えろ。

「一見もっともだなあ」と思うのだが、その基礎を「日本のどこに打てば大丈夫なのか」

おたずねしたい。

この日本のどこに絶対安全な地盤があるのか。

何しろ日本列島は全てが地震島、災害島なのである。

今レントゲンやＭＲＩで活断層とやらを通してみたら（もっとも活断層とやらもいささか眉ツバであるが）全部が病巣だから、写らないと思う。

どういう訳か台風も全部日本に向かってやってくる。

日本国はまさに砂上の楼閣である。

直下型、どこに基礎のクイを打つところがあるんだろう、このニッポンに。

ならば地面に基礎を打つという概念をなくし、「地面と縁を切る」という時である。

地面が揺れても、建造物に伝わらないことだ。

ゴム、パッキンとか宙づりとか水に浮かべるとか笑い事ではない。

今、地面が一番あぶないのだ。

第８７　昔はゲタを投げて「あしたテンキになーれ」

お百姓さんは西の空を見ては「明日は晴れ」のんきな時代だった。
しかし、今は、熱すぎる夏、寒すぎる冬、手加減をしない。
自然は容赦なく人間をいたぶる。逃げ惑う人間。
今時の神頼みも解らないわけじゃない。あまりに当たらない天気予報。
しかし科学者は挑戦している。
「山で魚をつくる」「ビルで米、野菜をつくる」露地ものはなくなる。
天気に左右される農業はもうおわり。
ＴＰＰも怒濤の如くやってくる。
とてもあがらえるものではない。
けれど対向できないわけではない。
今からは自然を利用するときではない。

自然から離れる事を考える。
海水は汚すぎる。そこに住んでいる魚はもう食用ではない。
空気の汚れている露地ものもやがて食用にはならない。
したがって無菌室で無農薬。３６５日収穫ができる。
コンピュータ管理は当たり前。
砂漠で作るイワシ、サンマ、マグロ。
北極の大根、米、トマト、麦、イチゴ。
何でもどこでも出来る時代。
ＴＰＰなんてもう古い。
石油戦争、エネルギー戦争の次は食糧戦争が始まっている。

第８８　投票率をあげる方

投票率50％だの、戦後最低更新だの、その低さをなげく。

あたりまえだと思う。

旧態依然として、小学校や役場などを投票場と称し、雨が降ろうが雪が降ろうが、一向に頓着なく人に足を運ばせる。

足の悪い人、病気の人、高齢の人、何となく行きたくない人。

スマホ投票にするとか、投票バスを走らせるとか。

駅前投票所をつくるとか。コンビニ投票所にするとか。

もっと国民に優しい投票方法はないものか。

日曜日に仕事で休めない人はどうするのだ。期日前投票だけで良いと思っているのか。

ネット投票や電話投票だって工夫すれば不正が出来ない方法があるだろうに。

１０回続けて投票に来た人には、交通違反の減点票をくれるとか。

ラーメンの割引券をくれるとか。
６０％越えたら大入り袋をあげるとか、楽しくやりましょうよ、お祭りだから。
しかし投票率が上がったら困る人もいるんだな、これが。
一番困るのは組織票にあぐらをかいている人たち。
スマホ投票にしたら投票率が９０％以上になるかも。全く票読みが出来ない。

第８９　脱法ハーブとはタバコのこと

タバコの煙嫌いの人にはたまらないのがタバコの煙。

ハーブや大麻以上の大衆害である。

目は痛くなる、頭は痛くなる、ノドは痛くなる。たのむから煙は全部吸い込んでくれないかなぁ……。吐き出さず。

吸ってもいないのに灰皿において、煙をとばしている状態など、これ犯罪行為だと思う。

昔は電車やバスの中で吸っていたから、今は少しはよくなったというけれど。

今はベランダでも飛行機でも吸っていいところを探すのは大変だ。

嫌煙の人には脱法ハーブだからかくれて吸ってもらいたい。

第９０　日本は基礎がない

地震があれば家は倒れる。山崩れはある。台風がくれば、屋根はとぶ。雨がふればあふれる河川、下水。日照りとなれば、ひびわれする田畑。噴火となればもはやなす術はない。津波はきれいさっぱり海がもっていく。

近々、東南海、関東大地震がくると連日報道される。「ホントかいな」という訳なんだが、根本的に物はつくる時に基礎が大事だという。しっかりした基礎の上にしっかりした建造物をつくるという事だ、というが、「一見もっともだなあ」と思う。ただ思うだけ。

さて、日本のどこにしっかりした基礎があるのだろう。

日本の始まりは、山口県の秋芳洞に証拠があるという。

もとより、日本には大地はなく、地下のプレートが押し合いへし合い、その辺で隆起したそうだ。付加体といい堆積物から出来ているのだという。

小笠原諸島の西之島のように噴火があったり、火山灰が降り積もって大きくなったわけだ。

だから灰や砂やドロの塊だな、こりゃ。従って、どこに杭を打てばよいのか、わからない。

まさに付加体上の楼閣である。

これからは「地面と縁を切る」という時代である。ならば不安定な陸の上に住まなくてもいいだろう。

海中都市とか空中都市とか地中国家。

今更、活断層を探している人達がいるが、見つけたらどうするのってこと。

セメントで固めるつもり？

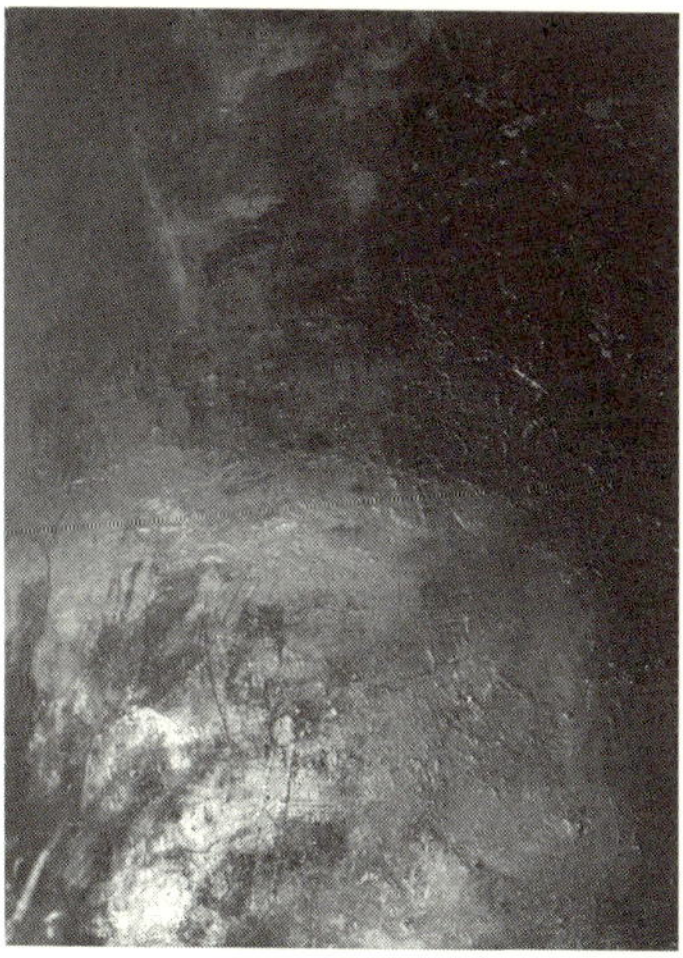

第９１　ショートカットがはじまった

今や、あらゆる問題にあらゆる答えが直ちに返ってくるスマホ。
答えがすぐ帰ってこない先生。
どんな遠隔地でも学べるネット。
担任がいなければ、授業ができない学校。
世界中のことがすぐわかるネット。
担任が違うからと逃げる先生。
こんな事が解らないのか、と軽蔑する先生。
何もしからないパソコン。
いじめのないスマホ。
登下校の事故の多い学校。
授業料も給食もいらないネット。
鑑別所のような詰め込み教育はもう終わり。

コミュニティや人間関係はスポーツクラブや、地域活動で充分。

第92　危険になった子どもたち

集団教育は均一の労働者また均一の兵隊を作り上げる方法だ。

学校の1クラス40人くらいとは軍隊でいえば小隊である。中隊なら200人くらい。大隊は500〜600人。学校教育は全て号令で動くように訓練する。

逃げ場のない子どもたち。

いじめは当たり前。「先生に相談すれば」とこともなげに言う母。

とんでもない。なかには先生も混じって「参画」いじめ。

また先生とてグレた子どもに追いかけられている。

「もうすぐ卒業、我慢してください」という世界。

猿山の猿、ギャングエイジ。

また、学校の外がとてつもなく危ない。

「金、もってこい」「万引きしろ」。もはや登校は命がけの時代となった。

ネット教育もあるし、スマホもあるし。

マグネットスクール。子どもたちは自分の好きなことを、また必要なことを選びたい。

人生は3歳で自我にめざめ6歳で将来が決まる。インドは3歳からパソコンをもたせるという。中国は小学生で家庭教師が6人もついている家もある。

いま、人材世界競争なのだ。

東大でさえ世界の20番以内に入っていない。世界では二流なのである。

スティーブン・ジョブズのよう、ビル・ゲイツのよう、クリエーターが超一流でなければいいものが出来るはずがない。

困ったことだ。

自分の判断で動く能力、常に新しいものを発見する能力、常に新しい発明をする能力。

猿のものまねで生き残った歴史はない。

しかし、ものまねでのびた国は過去にあった。ニッポン。それだけ。

スポチャンの教へ

（田邊哲人・全日本護身道連盟　昭和４８年刊行より）

聴聲咳《ちょうけいがい》

古くから、聲咳に接するという言葉がある。

聲咳とは、いうまでもなく咳払いのことである。

すなわち、光栄にも大人《たいじん》の身近に接し得て、その一挙手一投足から醸し出す徳をもうることであろう。

後々に、これらの徳は己の心のすみずみまで、しみとおる妙薬の如く生きてくる。

誰彼といえ聲咳に接する機会を得たことは、この世の至福と心得、何事も見逃さず薬とし、徳とすることが成功の秘訣にある。

自毒

他に訪じて、一杯の水を所望した時。あの家は水一杯しかださなかったと思う人は、例え茶を出しても茶しかだなかったと思う人である。

これらの人には、所詮いかなるものをだしても同様、毒に変える人で害こそあれ決して薬にはできまい。

生まれながらの、心根の歪みをつける妙薬は無く、そしてこれらの人は、存分に身近にいるもので、今一度自らの周囲を見回してみるがよい。

うつるのだ。

その毒は、やがて自毒となって、また他も滅ぼすことになっている。

己《おのれ》の恥《はじ》

修行中の心得―勝敗、判定、指導、人格、愚痴、批判、不足を、言うも聞くも謹むよう。事左様は未熟者に限ったこと。

戦いで負けたるはこれ己の不足。

技量ののび悩みはおのれの工夫のなさ。人とのいさかいは己の徳のなさ。愚痴は己の泣き言。ことごとく己の修行不足と自ら反省せよ。夢々他人様の責いうべからず。一歩譲りてかりそめに師、先輩に欠けたるところありたりとするならば、弟子はそれを黙って補いて至極当然。たいそうに言うはよくよくあるまじきこと。

一門のこと人から聞くも人にいうも、これすべて己の恥。しかと、心すること。

許容

門人のあやまちは、その程度によるが、許容は二度までのこと。

一度目は修行中のことゆえ、未だ未熟という配慮が必要であり「大心《ひろしこころ》」でみることである。

これを「涵養」の……すなわち育てる精神という。二度のあやまちは、さらに控えて、自らの指導が必要である。

三度目は、有無なく、破門にせよ。共に、歩める人ではない。

寛容と優柔不断とは、一重。

不覚

修行中たるもの、たまさかの酒席にて、酒におぼれたる様、一生の不覚。酒席に無礼講はない。

酒のたしなみ方は個々にその差はあれど、いずれのときにせよ、それら席に臨みて、なりふり忘れたる所作、すべからく修行不足のゆえ、昨今ややもすると、無礼講などと鷹揚に構えながら、はてはそれに乗ずる愚か者を散見するが、その修行の度合いしかと観察するが場所。

体裁は、大方ここで決まる。

しかして、たかだか酒ごときに足元たがわし。

言語不覚は士道修行にあるまじき所作。蛮声を震わし、肩を揺するが、すなわちこれ恥ずるべき振る舞い。

入り口のこと

修行の深さとは心、技、身、なかんずく心を鍛えるものである。深さすなわち度量である。

試合より、学ぶ度量とは、「勝つことを知って」他より優れたるという自尊心、気位を会得し「負けたるを知って」おごり、たかぶり、侮りを戒め、いたわりの心が湧き「進みたるを知って」積極果敢な大和男子たる勇気を培い「退くことを知って」下がる時期、すなわち引き際を知る……。

これ入り口のこと。

下礼

士道とはおよそ、礼によって始まり、礼によって終わる。

などと聞いた風にいうが、そもそも礼とは、「習慣」また「作法」がごときに心得違いをいたしてはいけない。

礼とは己の心である。

およそ道場教室とは、己の心、技、身を磨くがところ。

なかんずく心の修養の場である。

教場に臨みて、まずは、右下の角を見て、さらに左の角、左上そして右の上、その四角により、出来たる空間は、これ、己の心に神宿したる己の心を清めるが処、おのずと頭（こうべ）は下がるもの。

また、師、先輩は己が鏡。己が斜となり、後ろをむけば後ろを向く。熱心ならば、そのさまがそのようにうつすもの。

しかして、まことを学びたるもの、常々居住まいを正し、言語、立ち居振る舞いに心を配り、一歩控え、また、師、先輩に答礼の気遣いをさせるが礼は、下の礼。

行儀だの、作法だの、打ち合わせ、約束がごとき、心やすき手合いのものでは、ない。

歯車

常に大道につき物事を考えること。

こざかしい小異小事を、大げさに取り上げて、大道を誤つが所作、これ罪悪である。

小事にこだわりすぎては進む歯車まで狂わす。

これが初心のうちは笑事ともいうが、年半ば、過ぎたる者にありては、愚かものといわざるを得まい。

規則、法というが、これ全て、たかだか人が作ったもの。

己の世の暮らしむきがためにあるはず。

なかんずく、二ツと迷いたる時は、いかが大道にあるものか、しかと見抜く心を常々養うが肝要。

かしこまる

時に入門して修行するも、まず居住まいを正し、正対する事より始める。これを、かしこまるといい、修行の一の姿勢である。修行の姿勢とは、学ぶ「構え」である。学ぶ構えとは、物事に、まじめに正対する態度をいう。

正対とは身体はもとより心も前を向くことである。

いかな高説といえど斜に構えたるものには斜に入るもの。下を向きたる者には上を素通りするもの。

まずもって薬にはなるまい。門人教育とはかくのごとし。

素養

道を外したることを、外道という。

道を学ぶ素養に欠けたる者の指導は、苦労が多い。

道とは順序のことであり生きる序列のことである。

何事にも順序がある。

家に在れば父母子供、道に有りては、先輩後輩である。

順序をわきまえる事が、まず道に入る一歩であると心得よ。

修行は、その技はもとより、道による徳を学ぶところ、歪んだ性格や、気狂いを矯正するところではない。

武勇伝

人それぞれ、齢を数えるうちに、一つふたつの武勇伝あるやに思うが、道の中にいて恥をしのぶならいざ知らず、自慢の武勇伝などあるべきがない。

およそ武勇伝とは、争時、ケンカの類に生まれることが多いもの、そもそもその渦中、それ等の仲間に身をおくが、まずはまちがいの第一歩。

何事の指導者たるもの争過のたぐいを未然に消し、常々周囲に福を有し、天下泰平であるが、指導資質の一等とせよ。

事を起こすべくして起こして、それを消したるを有効武勇などと軽々に言うは心得違いという事。

人を殺した戦国武将も、ヤクザも同源である。

誉められたものではあるまい。

武勇を誇る民族は、必ず他の武勇にて滅びるものである。

無敗

当節のスポーツはオリンピックをもってその頂点として、なかんずく金メダル獲得を究極とする。

いわば技、すなわち力である。

強いとか早いとか、メダルを保持する「力の段階」でとどまるか、人格形成に資する「道に入る」かは、その学ぶ人の、価値観、学ぶ姿勢にあるが、しかし、やがて力は劣え技は破れる。

道の究極は、人士絵の「生涯完成」にある。

しかして、長い生涯を、何事にも破れることのない尊厳の道創として、終生、心の修行をしていただきたいものである。

恩と絆

道にいて、道に学ぶもの。道とは、歩く道。すなわち順序にある。

士道の順序にある段級とは、強さの表現ではない。

相当の年月修行に正対したという証しである。なかんずく、我慢強さという人間としての強さの称である。

士道の究極の目的は、生涯完成にある。

修行居たりて、免許をされた段級証は、師と恩愛の絆である。

終生、礼を失することなきよう、精進されたい。

一等の資質

自分は強く、正しく、そして多くのものを識っていても、他を常に新設に導き、範たるをもって、指導していると思っている段階は、まだ、三等の指導資質。

教えているはずの自分のほうがむしろ教えられていることが多いことに気づき、耳を傾けることができるようになったとき、二等の指導資質。

一等の資質とは弟子の方が、むしろ師の不足を補うよう、優しく手をさしのべられ、それを受けることが、至極自然にできるようになった時、真の師となった時であろう。

心量

その器には、おのずと入る量がある。

杯には杯の量、茶碗には茶碗の量、風呂桶には、風呂桶の量、この度量が、その人の許容量であろう。

己の器がいかなるものか、今一度反省したい。

小事にこだわる杯程か、はては清濁、大河をあわせのめる大海の器量か。

己の心根の開き方、有り方に依り、器は宇宙にもなる。

度量は、無限である。

体人研磨

人は、様々なものや事象に依って磨かれる。

対人行為は、その機会を少しでも得るところであえる。

人をうらぎったり、うらぎられたり、愛したり、別れたり、好きになったり、嫌いになったり。

そして、とがった人間が、四角となり、四角の人間が六角八角となり、やがて世俗のアクがなくなった時、その世俗の角が一つひとつとれる。

人間は丸くなりながら坂を転がるように、年をとっていくのである。

音無声

ここでいう炯眼とは、見えないものを見る眼。
すなわち心の中の眼。
炯眼をもって、人と接すれば、大事は起きまい。
空聴とは、聞こえないものを聞く聴。
音、無き声、すなわち声を聞かなければ判らない。
人に言われなければ、気付かないという人は、この世では、全てが遅くなる。

心の不便

自心審判とは、自分審判ではない。
自心とは、自分の心のなかである。
自己とは、自我などをも意味し、範囲などともつながる。
そして、他との対比もある。
自主審判とは、自分が主となり、独にとどまり易い。
自心とは、自分の心の中を自分の力によって、整理し答えを出す。
しかるに、その答えは、自然の摂理とも、万人とも正しい訳ではないから不便だ。

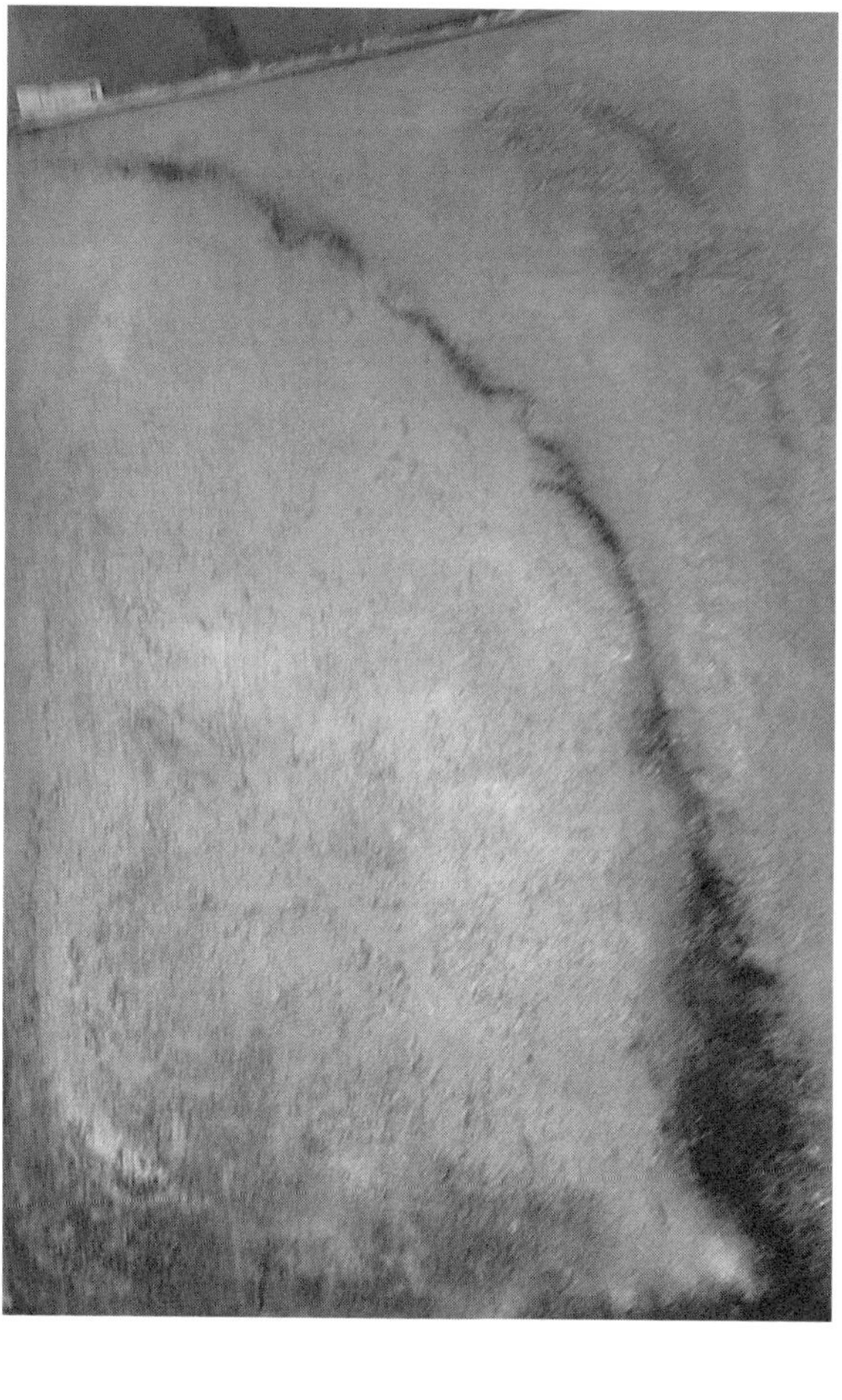

田邊　哲人
（たなべ・てつんど）

平成26年春藍綬褒章受章

スポチャンことスポーツチャンバラを創立し、世界スポーツとして、拡げている。
公益社団法人日本スポーツチャンバラ協会会長

1942年パラオ生。由比で育つ。
多摩大学大学院経営情報学研究科博士課程前期修了。

主な著書に『小太刀護身道』『スポチャンをやろう！』『帝室技藝員真葛香山』『大日本明治の美　横浜焼、東京焼』『スポチャン物語』『この世は金茶わん』他多数。

冗談八割ウソ二割

発行　２０１５年５月１日　初版第１刷

著　者　田邊哲人
発行人　伊藤太文
発行元　株式会社　叢文社
〒112－0014
東京都文京区関口1－47－12江戸川橋ビル
電　話　03（3513）5285
ＦＡＸ　03（3513）5286

印刷、製本　モリモト印刷

定価はカバーに表示してあります。
乱丁、落丁についてはお取り替えいたします。

ISBN978-4-7947-0742-0